ABDULRAZAK
GURNAH

Abdulrazak Gurnah
古 尔 纳 作 品

Admiring Silence

赞美沉默

〔英〕阿卜杜勒拉扎克·古尔纳 —— 著

上海译文出版社

陆泉枝 —— 译

目 录

第一部分

第二部分

第三部分

附录

第一部分

"他在岛上是一个崇拜沉默的人；犹如一扇巨大的耳朵思索着这份沉默；每天都有密探前来报告，他宁愿自己的臣民去吟唱，而不是去说话。"

罗伯特·路易斯·史蒂文森①，
《在南海》中《阿佩玛玛之王》(1890)

① 罗伯特·路易斯·史蒂文森（R. L. Stevenson, 1850—1894），英国作家，生于苏格兰，晚年定居南太平洋萨摩亚群岛并客死异乡。主要作品包括《金银岛》（*Treasure Island*, 1883）、《化身博士》（*Strange Case of Dr Jekyll and Mr Hyde*, 1886）等，此处古尔纳引述的《在南海》（*In the South Seas*, 1890）是史蒂文森在太平洋旅行时所写的文集。——后文所做注释均为译者注

第一章

　　我发现自己严重依赖这种痛苦。起初，我试着将它静默，认为它必定会消失，留给我一丝快慰。它一连三个月不退，这俨然意味着有一种不安，潜伏并盘踞在我们只求自我满足的生活观念之下。它非但没有消失，反而愈发变得清晰，位点也更加地明确，犹如占据我心头的一块硬物，隐秘、幽暗而亲切，发出浓烈臭味的同时，又透出几分孤独与惊悚。早上一醒，我便伸手去摸，等切实感到它在我内心鲜活地激荡着，这种怦然相识又让我舒了一口气。爱玛说这是积食或类似病症，但我从她焦虑的眼神当中看出，她绝不信病根在这儿。一连好几周，她劝我服用各种冲剂和药片，她还去阅读关于特殊食谱、胃酸水平、粗粮和维生素的文章。爱玛遇到问题总是这样。她会密切加以留意，并至少过上一阵子。我们倒也没去尝试这些食谱，虽说有些听上去不错，不过每天早上我都发觉，那头野兽正在那里变得愈发强壮起来。

　　最后，我还是去看了医生。我担心性命不保，所以去看我的医生。在英国，你尽可以说"我的医生"。这里，人人都有自己的医生。在一张宽大的桌子后面，他端坐在转椅当中，一边放着医学书籍，一边摆着一盘器具。他的手术台以及角落带遮帘的诊床，所装照灯的角度可谓煞费苦心，这样病人的眼睛就不会过度紧张。我对此作一番解释，为的是那些更为不幸的兄弟以及他们的妻子、姐妹、母亲和其他女眷，他们说话时得压低声音并扯上一堆套话，以便像正常人似的心系家族荣誉。我说的正是那些生活在世界黑暗角落的穷人，他们不得不日晒雨淋野营数日，饱受狂风和沙尘暴的袭击；他们等着截掉长出坏疽的四肢，或只为打上一针蛇毒解药，或为溃烂的伤口涂点抗生素软膏，又或只是治疗轻微的晒伤。有自己的医生在他们听起来，那简直就是天方夜谭。

在这儿，就不一样。从出生的第一天到去世的最后一天，医治都在宽敞的诊所里进行，服务是何等的殷勤体贴，不但考虑病人的舒适便利，而且一切还全部免费。若非真正的免费，感觉倒是如此。但就这么一丁点儿安慰，也莫不是经过斗争得来，如今英格兰能享受这种待遇，全是历经数代人的辛劳和数百年的困苦来构建这些美丽废墟的结果。在黑衣修士桥和威斯敏斯特桥之间，你站在泰晤士河岸任何地方向北望去，心中是否会对这些建筑耗费的劳力充满敬畏：高耸的塔尖、宏伟的大楼、带柱的穹顶、悠长的回廊、华丽的亭台、肃穆的豪宅和亮灯的金桥。然后，你极目远眺，远处有工厂、仓库、机械化农场、模范城镇和教堂；还有博物馆，里面堆满了从异邦破碎的历史中掠来的战利品；以及图书馆，千百年来里面收藏的书籍更是铺天盖地。如果你把这一幕对比任何一个在世界黑暗角落冒充城市的粪坑，并把达成这种以假乱真的效果耗费的心力考虑在内的话，那拥有自己的医生这一点安慰似乎也并不算过分。

这些废墟只是让英格兰成为一个国家的众多因素之一，其中也不乏几分过度自信、追求享乐的玩世不恭，而这又居然被人当成了精明老练。但在那些废墟之上的英格兰，它早已不复存在。不是那个英格兰，不论问谁都会这么说。问谁都会这么说。不是那个在黑夜中璀璨夺目的英格兰，曾几何时它为世界送上蒸汽铁路、本初子午线和青霉素，尽管这些都由流亡的苏格兰人发明。更不是那个英格兰，它的故事曾经造就了我们。如今，它是不列颠及联合王国和日渐成形的神圣欧洲帝国，这遭到英格兰昔日殖民省份人士的强烈抗议，他们认为这种转变完全是权宜之计，为的就是给他们套上过去几代人的历史枷锁。当人们谈到英格兰时，更会因为内疚而发虚，生怕别人把自己当作意气昂扬的民族主义或种族主义法西斯分子。当它那黑暗的抢掠历史大白于天下的时候，苏格兰与爱尔兰人会悄悄原谅自己在那些激动人心的海外远征中扮演的角色，并提醒饶有兴趣的听众去关注他们自己在英格兰殖民统治下受到的盘剥。可以心安理得自由谈论英格兰的唯一地方是乡村，或是国内众多角逐赛场的体育团队，它们算是尽兴表露厌恶与鄙视的稳固源头——但如果出现意外获胜的情况，那很容易就会变成疯狂的自大和动听的浮夸。

不管怎样，经过这么多年艰苦的奋斗和抗争，正当疲惫不堪的人们准备坐下来去欣赏灌木丛和水面上洒下的一片阳光，可以解开佩剑的皮带去倾听西风柔和的吟唱，并品尝之前努力的硕果时，突然之间冒出一帮外来民众在墙外大声喧哗。任何时代，每个城镇和村庄都有疯子、麻风病人、被驱逐者、走街串巷的修补匠和避世遁隐的圣贤，但这么一群人如何来到这儿？他们为何最终全到了这里？是的，我们当然知道怎么回事。但是，他们为促成欧洲之行经历了惨无人道的事件，为何不满足于从旅行之中得来的知识？知识本身就是目的！为何他们不能对理想发出惊奇和喜悦？在逆境面前表现出一点超然和些许尊严有什么不对？像波卡洪塔斯①那样有什么不对？

这就是人们对她的评价。她是亚尔冈京印第安部落的公主，波瓦坦酋长的女儿。在她的故事中，涉及贝丝女王②及

---

① 波卡洪塔斯（Pocahontas，1596—1617），北美亚尔冈京印第安部落酋长波瓦坦之女，传闻说她舍生救了史密斯船长，后来远嫁英国，客死异乡。

② 贝丝女王（Good Queen Bess），英国女王伊丽莎白一世（Elizabeth I，1533—1603）的俗称。

其继任吉博·斯图亚特①执政期间，英格兰在弗吉尼亚建立（多么动听的字眼）殖民地的事件。当时，英格兰督办约翰·史密斯正在考察一次小型种族清洗的胜算把握，在执行侦察任务时他被捕后就被移交给了波瓦坦。经过几天的宴请款待（你猜为什么），他被人请去把自己的脑袋放到一块石头上，他周围立着各个亚尔冈京部落手持战棍的印第安人。波卡洪塔斯扑到英国人身上，把她的头贴在他的头上，从而阻挠了他的死刑。在帝国探险故事当中，这是一个不断重演的时刻：当地的美丽公主迷恋上欧洲骑士，为了爱情可以全然不顾一切。显然，波卡洪塔斯是第一位。令人吃惊的是，波卡洪塔斯这么行事时只有十一岁，俨然早熟的恶魔。后来，她来到英国的殖民地（她在十八岁被俘），被迫透露了亚尔冈京人偷袭英国人的冒险计划。不久之后，她接受洗礼成为丽贝卡，嫁给一位英国人。丽贝卡，愿你成为千万人的母亲，并让你的子嗣占据那些憎恨者的大门。不过在她面前，还有一段比第一次步入文明更加危险的旅程。丈夫把她带到英国，在那儿她被誉为高贵的土著奇人，不久她便死在肯特郡的格雷夫森德，这个地方犹如英国下梢一个潮湿的泄殖腔，与弗吉尼亚可谓海天相隔。或许，如果她待在家乡，

---

① 吉博·斯图亚特（Jimbo Stuart），英国国王詹姆士一世（James I，1566—1625）的昵称。

而非卷入帝国故事当中，她的结局可能会更好些。不过，从没有人记载她对此有何抱怨。

这群奇怪的民众却并非如此，他们似乎无法保持安静或自尊，更无法按照毫不复杂、节制有度的异国情调行事。他们挥动着不太可信的合同，向人吐露悲伤的故事，并愤怒地狂叫乱喊。他们想在报纸上有更多的版面，他们抱怨无人阅读他们永无休止的作品，他们要求在电视上露脸。他们讲的故事，那么多的控诉！他们提的要求，看在上帝的分上！没有什么可以制服他们，更无从知道他们的意图。历史最终成了一堆谎言，掩盖了地球上数百年来的残暴行径——猜一下这些野蛮人到底是何人。世上最柔情的故事被当作狡猾的隐喻，由此将他们变成野兽、非人类、可悲的生灵和奴隶。即使他们之间爆发赤裸裸的残暴也总是可以归咎于其他原因：奴隶制、殖民主义、基督教、欧洲教育，反正就是轮不到他们毫无扼制的贪婪，或者他们难以克制的暴虐，或者他们逃避责任时那种巧妙的推脱本事。法律于他们不利，雇主唾弃他们，银行歧视他们。如此的慷慨激昂！

他们涌入医生的诊所，露出奇怪的肿块和裂开的伤口。当医生触摸这些古老的伤口时他们没有任何惧色，有些皮肤的伤口已经肿胀，有些滴着乳清样的体液。我如此设想医生：他们处理吐着怨气的肉体，但无法借助经验和规程，然后他们写点闲话来消除痛苦。

我的医生面带微笑，这是一位身穿洁白衬衣的年轻男士，浅棕色的头发，深蓝色的眼睛，无论你从哪个角度去看这个世界，你都会看到这种让世界运转的人。我想象他下班后疲惫地坐入他的路虎，开车回到他的娇妻身边，他们舒适的宅邸位于风光优美的郊外。他的车刚一熄火停在门口碎石道上，他就沉浸于自己活泼的子女（我猜是十一岁的女孩和九岁的男孩）以及一只温顺金毛牧羊犬的崇拜当中。或许，他的妻子正怀着另一个孩子，而姗姗来迟的老三定会重燃前两个孩子象征的那份青春爱情。

　　不管怎样，他微微一笑，满意地舒了一口气，接着在舒适的转椅上伸展一下六英尺长的身躯。"请问，您什么地方不舒服？"他敲击并触摸我的胸腔，听的时候眼神遥远而好奇，接着又挤压刚缠在我胸腔上的气囊。他期待那里放出什么，这个我还真不知道。一声尖叫，一句禁止的诅咒，一滴均匀的脓液，一阵萎缩肌肉的非自主抽搐，到底是什么？我静静站着，他揉捏着我愤怒的肉体，期间还不时连掐带挤，并用指节叩击我的肩胛。接着，他皱起眉头，说我的心脏有问题。其实，我本来可以告诉他。我那时本想告诉他原因，不过我恭敬地坐着没有吱声，于是他继续往下说。

　　我的举止或外表一定让他觉得我上过公学。这不单是因为那个心脏有问题的男性和蔼可亲。他问我偏爱什么样的吃食，问我是否有什么特别奇怪的念头。我唯一想到把食物称为"吃食"并把越轨称为"念头"的人，便是那些漫画书的读者和上过公学的男人——尽管这只是一种猜测，而且我的生活经验十分狭隘。我告诉他，我早餐喜欢青香蕉和熏猴子。他似乎顿时被这话吓了一跳，毫无疑问对我居然没有食品供应不足问题而感到惊讶，不过随后他就点头表示认可。他开始让我不安起来。我突发奇想，本想说以下这番话：我用煤气烤猴子之前，还经常给它们手淫，这主要是为了改善肉质。不过，我害怕他可能会拍错我的肩膀，并把我交给左手持秒表、右手握宝剑的妖精，而这个身形高大长着胡子的妖精会说，你还有一年的生命，之后你的生命就属于我。我需要他的善意。我不希望他被激怒后给出恶毒的预言。医生对我无声苦笑了一下，也许是为了让我知道，他明白我在胡扯，然后眉头一皱瞪我一眼，他又开口讲话。他话说得越多，越让我难受，好像我是一个反应迟钝的孩子，或者一位失聪失语的残废老人，好像我是一个没有理解能力的非洲土著。

"非裔加勒比人心脏爱出问题。"他说着面带微笑，以便在这样痛苦的时刻给我打气，"他们容易患高血压、镰状细胞贫血、痴呆、登革热、昏睡病、糖尿病、健忘症、黄疸、多痰、忧郁和癔症。你不必对自己的情况感到吃惊。虽说这些疾病都没有现成的治疗方法，不过倒也没必要过于惊慌。用一个恰当的比喻来说，你没必要丢下球门不管。我们看一看。你第一次心脏出问题是什么时候？有心脏病家族史吗？你真不必担心。我认为你只有轻微的心脏问题，对你这个年龄的人来说，这在你的种族并非完全出乎意料，但我会把你推荐给一位专科医生，他会对你进行检查以便确诊。如果你对此感到烦心，要知道在社区卫生中心有很好的咨询服务，可以帮助你适应当前情况。你是自己付账，还是用私人保险？如果你用私人保险支付，我们可以尽快安排检查。不过没必要惊慌，知道吗？"

当然，在经历这场闹剧之后，我没法冷酷地告诉他，我不是非裔加勒比人或任何类型的加勒比人，我甚至和大西洋都没有任何关系。严格说来，我是来自印度洋的少年，作为穆斯林在成长过程中接受的是正统的逊尼派，并与瓦哈比派有些瓜葛，但我仍然无法逃脱这些早期构建的结果。我忍气吞下所有无法治愈的疾病，内心耻笑着他自鸣得意的无知。比如，他竟没有提艾滋病，而它的总部就在我们那里，可能是因为我们无法克制自己与猴子发生关系。我猜我本来可以纠正他，但那个时候我想着要和自己的兄弟们团结一致。他们无奈遭罪，又何苦嘲笑呢？不论如何，如果我告诉他实情的话，他可能会对自己的诊断丧失信心，可能会重新揉捏和捶打一遍，并要求进行血液化验和水银疗法，或者那些他们如今为验证退化种族理论而开展的项目。我认为自己忍受不了这些。我的身体顿感挫伤并且已经严重发热。

不管怎样，他不是指非裔加勒比人。他指的是黑人、黑鬼、黑奴、黑佬①，那些大声说"我是黑人我骄傲"以及"我是饥荒、暴政、疾病、无尽欲望和历史受害者"的家伙。你知道，我的种族。我看得出他认同我恭顺的沉默，因为他微笑着发出禁令和指示，并且不时摆动手指警告我远离下流的诱惑。

我不知道是否等爱玛一回到家就告诉她，还是等到专家做完所有的检查并对我衰弱的心脏给出定论之后再说。不过，专家可能几个月都没空给我看病，或在医院安排预约时轮岗有问题，或在诊断时仪器出现故障并需要下次就诊。任何事情都有可能发生。我确实知道我必须马上告诉她——我总是告诉她一切事情。不管怎样，我如何解释下班回家要遵从医嘱戒掉的三杯朗姆酒和三根香烟？这通常可是我人生当中最快乐的时光，除开家长会或度假个别几次倒霉情况之外，基本上每天都是雷打不动。三杯朗姆酒和三根香烟，一杯（根）接一杯（根），直到所有生命似乎只在此刻前后持续几分钟那样，而其他一切事情都化为远处渠水无力的汩汩声。爱玛只能学会这时不来理我，因为她一跟我说话我就会走开……到外面的消防楼梯上，到狭小危险的装饰阳台上，以及任何可以逃离她的地方。有时她无法克制自己，于是跟

---

① 原文为英语（darkie）、梵语（hubshi）、阿拉伯语（abid）等，都是对黑人的蔑称。

着我一股脑地讲述她在工作中或地铁上遭遇不公的故事。她一顿发泄之后，又对我的规避以及她所言的我那种软弱的自我主义一肚子怨气，于是她开始攻击自己所有不幸的肇事者，这便是我们几次谈话的结局。公平就是公平，也许并非没有理由。我接受过足够的殖民教育，完全可以在这些问题上开玩笑。

我胸口疼痛的早期描述中，还有什么不太显而易见的情况可以向她诉说吗？但我知道她会拉长脸，显出悒郁的神色，甚至会流泪哭泣，然后会制订改变我们生活的计划，以便让自己高兴起来，好像我们要去某个地方度假一样，所有的行程都经她一手安排，不过通常来说也的确如此，而这也正是我乐于放手的原因。当然，这并不是我所期望的，我希望她会有所回应。我想象着她陷入片刻的沉默和崩溃，然后就会用热情将我包围，缓缓脱掉我们的衣服，和我温柔做爱几个小时。我知道，她有这个能力。

对此无可奈何。她一进门，我就告诉她。我无法隐瞒要放弃三杯朗姆酒和三支香烟这等事情。当然，我考虑过不戒掉它们——这样她就不会知道，而我也不必做任何解释——但这似乎简直就是毫无骨气的自私和欺骗。我讨厌欺骗。而且，我告诉她越早对我越好，因为她可以告诉我们的女儿阿美莉亚，我们也可以结束这一切。我得和你说一下我的女儿。并非她让我失望，而是她长到十四岁时，我让她失望。

我可以想象，当听到我的心脏有问题时，她看上去会有多么伤心，并且因为又一次没能躲避麻烦，她盯着我会是多么困惑。然后，针对我从未想过要做的事情，她会问我一个非常实际的问题，由此表明我对世界的掌控是何等脆弱。"你想过看专科医生吗？"没有，亲爱的，我从没想过。多好的主意！你真是个聪明的小宝贝！你在这里真的是不可或缺。我马上去看。然后，她会带着痛苦的表情走开，咕哝着对我一顿抱怨。这正是为何我会用嘲讽的口气和她说话。这是我唯一的防卫——无力而徒劳，但这是我的全部。我还能做什么？去打她？亲切地与她讲话？漠视她？两个月前，她就如此离开我，并撂下这么一句话：你愿意的话尽可以欺负我，但这没法阻止你成为一个失败者。我第一反应是去追她——如果我更为冷静，我也不会费心——但无论如何，对我而言她跑得太快。

"我不是失败者，"我对着关上的门吼道，"我是个悲剧。这该死的世界充满了混乱，而我是一个迷失的人。"透过那扇门我听到哽咽的声音，我希望她吊死在窗帘横杆上。总有青少年这么行事，他们要么因猖獗的物质主义而心生厌恶，要么因丑陋的外表或受挫的性爱而沮丧。这没什么了不起。

无奈她就是那样的人——她本来也如此。我原本心怀别的期望——除我们对后代抱有非分之想外，倒也并无什么特别原因——但事实证明她比别人好不到哪里，只是她那病态的自我主义更带有一种尖酸刻薄的傲慢无礼。当然，她的性格当中可能还有其他层面，但她那种伤人不浅的恣意妄为在我看来简直无以言表。爱玛在我情绪爆发时会瞪我几眼，好像阿美莉亚还是婴儿时我喂了她胆汁，又在漫长的童年训练她、指导她，然后把她从家庭作业中拽出来，再教授她最时新的粗言恶语。

爱玛瞪着我！她说我该为此承担责任，我没有给予女儿足够的父爱，所以她才心甘情愿湮没于所处文化的那种幸灾乐祸的自信之中。这就好比把困扰这个乱世的所有问题都归咎于臭氧层的空洞、消失的热带雨林或泄漏的核反应堆一样。没错！这一切都不是我干的，更不是法国的北非移民，不是驰骋在中亚平原上的塔吉克骑兵，也不是温妮·曼德拉①或划过天际的彗星。阿美莉亚及其那代人的腐化如何传给我？我有过度供给他们强化维生素、娇惯宠爱、世界童话故事以及过分的自以为是吗？莫非是我让他们的脑袋里充满了可怕的平民式骄狂，这使得思想、艺术或原则等同于在公共场所生吃内脏或沉溺于琐碎的感官享受？在说服他们相信堕落和腐化当中尚有几分机智时我又扮演了什么角色？

① 温妮·曼德拉（Winnie Mandela, 1936—2018），南非反种族隔离斗士，纳尔逊·曼德拉的第二任妻子，曾以坚韧、忠贞、母爱的形象赢得"南非国母"的尊称。

我过去这么说时，爱玛会嘲笑一番；现在我时不时这么说时，阿美莉亚那凶狠的目光和激动的神色让我败下阵来。爱玛过去并非惯于嘲讽，有时她也主动调侃一番，但那是早些年前，我们都还非常年轻，所以才会乐于相信我们的小世界正在变化，相信我们说的和想的都莫名影响着它的变化方向。

　　"我们又回到这上面，颓废的英格兰站在被告席上，"她会在我一顿宣泄之后说道，"这次是因为我们抚养孩子的失败，以及宇宙中的其他一切。说实话，我甚至不确定孩子做错了什么事情。这不可能是你的错，好吧，我们的错。碰巧她是你的女儿，这是你永远无法逃避的责任，你不用跟我大谈我们多么腐败以及其他事情。你完全没必要重复这些东西！我们如今对此都非常熟悉，我甚至同意其中一两点。既然你没有感染这种瘟疫，那你来拯救她。教她什么是高贵、原则、牺牲、欢笑以及我们堕落的文化再也无力企及的其他东西。拯救她。"你说还有谁能把生活的记忆还给那些希望破灭的人呢？我们最初相识时，我经常向她引用列奥波尔德·塞达·桑戈尔①的这句话，有时她会记起这句话，并把

————————

① 列奥波尔德·塞达·桑戈尔（Léopold Sédar Senghor，1906—2001），生于塞内加尔，1928 年到法国求学，索邦大学毕业后在法国担任中学教师并发表诗集《阴影之歌》（*Chants d'ombre*，1945），二战结束后投身非洲民族解放运动并深入阐释了"黑人特征"这一术语，曾于 1960—1980 年期间连任五届塞内加尔总统。

它融入自己"英格兰站在被告席上"的笑话当中。有时候，我非常喜欢这一幕。它让我可以大声反抗自己所处的历史和文化压迫。在她看来，这听着像是一种咆哮，但这正是野蛮人批判欧洲不可避免的结束方式（我从一本书中读到这种说法）。这些对话的大意在于，最终我基本会被人称为毫无宽容、忘恩负义、原教旨主义者、狂怒的圣战者、黑猪和杂种。你不妨想一想。那些交谈之后，面对所有困难，我们有时会在深夜激情狂欢，尽情地宽恕和关爱。我发誓那些时刻让咆哮看似值得一试。

我喜欢纠结于差异——现在仍然如此——以反思骄狂和贪婪如何不加区分地侵蚀了社会基石，我们生存的陆地现在如何坠入污浊、肮脏、沦丧的池沼，讥讽与疲倦如何逼迫我们所有人无聊地活着，以及餍足者又如何不假思索地嘲笑被他们威吓和击垮的人群。爱玛说我是个自恋狂——或者她将我所做的事情修饰性地描述为专注于细微差异的自恋。她向来善于遣词造句，但这个是她从别处借来的。当她得来一个小词，她会反复打磨抛光直至它坚实发亮。然后，她会把它储藏起来，以备需要时让我叹服于她的睿智。我不认为她这么做是出于残忍。她只是喜欢在争论中获胜，而且有时还颇具魅力。

不论如何，她认为我过于重视这些差异，尤其对于周围肆意涌现的那些故事，虽然我尽了微薄之力加以拒斥，最终也只能竭力说"否"而已。我的愤慨和牢骚不会改变故事的走向：故事当中，我的毛病和不足将永远居于显著位置，我粗野的残忍不会因为它们的琐碎而消减，当一切都说尽做完的时候，极有可能我会依然生活在混乱当中，我会纯粹由于缺乏先见之明而挨饿，而且我永远需要主人坚定的指引，以免我成为自己和他人的危险。她等着我发言，眼中闪着睿智的光芒。"你看，由于身处其中你无法改变故事，因此可以肯定地说，毫无疑问你对其中发生的事情说'否'将会一无所获。故事之所以存在，因为它必须得存在，它需要你成为这些东西，这样我们才会知道自己是谁。所以你的气喘吁吁不过是一顿乱发脾气而已，你的愤怒小说只是腐蚀人心的幻想罢了。我们非常需要你，我们需要真实的你。"我猜自己的自恋就在于此，它在于意欲把自己纳入自我奉承的话语当中，进而要求英格兰必须背负罪责并且颓废不堪，而非默默扮演我那部分的角色，就像波卡洪塔斯一样。

"但纠结于这些东西有什么意义？"她说，"这只会让你感到无能和压抑，好像你是历史的唯一受害者。我们不停地讨论那些已经发生的恐怖事件，但这并不能阻止它们再次发生。只是我们碰巧采用蒸汽机、轧棉机或其他发明先行一步。于是，这些肮脏的行径正好落在我们身上而已。"

在这桩交易中，我们的任务就是被殖民、被同化、被教育、被疏远、被融合，遭受文化冲突、赢得一面国旗和一首国歌，腐败、挨饿并抱怨一切。这是一桩不错的交易，我们尽自己的绵薄之力来扮演我们的角色，但这不足以让过于敏感的爱国者心满意足，他们觉得自己已被蹲在门里面歇斯底里的陌生人所利用。他们得到了战利品，我们得到了焦虑，但这帮人对此依然觉得美中不足。因此，他们用煽动人心的民间故事，讲述昔日的荣耀和如今的肮脏，以此来蛊惑粗野的民众，挑唆起一两起事件或者一起不可避免的死亡，并且回到图书馆的书架上搜寻更多解决问题的故事，以面对僵持不下的局面和无从完结的宣言：西方的胜利①。与此同时，黑人发现更难抵制那种诱人而可耻的说法，即他们处于一种抱怨的文化之中，他们愈发依赖自己伤口散发出的腐臭气息，他们不敢面对自己局限的真相，他们摆脱了历史惯性的束缚之后只会无所适从。

她对此苦笑一下，认同我意味十足的反讽，然后继续说道："但想想我们给你们的一切，否则你们也无法得到这些东西。你们至少得承认这一点。我们是把这件奇珍异宝抢到大英博物馆展出，但我们并不是空手而去。我们带给了你们个人主义、电冰箱、神圣的婚姻……"

---

① 英国学者罗伯茨（J. M. Roberts）1985 年出版过名为《西方的胜利》（*The Triumph of the West*）的著作，作者认为欧洲人的信仰是西方文明中的重要遗产，并推动了西方在全球建立霸权。

"天哪！"这正是我喜欢她的地方。第一次见面时，我们对自己生活中的一切都疾恶如仇。神圣的婚姻就属其一，还有贫民窟、番茄酱、香肠、爱尔兰炖肉和农家饼。我们觉得自己快活至极、无法无天、恣意伤人。但神圣的婚姻触及的问题总萦绕在我的心头，尽管她并不知道这事。我知道用不了多久，我就得想办法告诉她；一切都变得有点滑稽可笑。

　　"如果不是我们，你现在就该娶第三个老婆，那个十七岁的女孩，她本该考虑自己的家庭作业，而不是毁掉她人生的疲软的阴茎。"她说，"这就是你本来可能要做的事，你得承认这一点。"

　　迟早我得回到开头，正儿八经地讲述这个故事。不过，就目前情况来看，我还无法正式开头。等我觉得自己找到个开始的好头，我禁不住会去想，如果我从这里开始的话，可能所有事情都会显得更为清晰。在我心里，我会以各种方式开头——有的在我出生前，有的在我出生后，有的是昨天，而有的是现在——但反思几分钟之后，每一种都让我厌恶至极。所有的开头似乎都经过了算计，而且一眼看透。我跌撞着闯入这片悒郁的丛林，希望可以获得片刻的释然。

　　不妨再回到神圣的婚姻上。此处的笑话在于，爱玛和我没有结婚，但是我们已经在愈发乖张的罪恶当中生活了很多年。我言下之意是，也并非那么的乖张，只是其中的不快成分有时过于昭彰而已，而且我非常清楚是如何变成这样的。至于神圣的婚姻，我们并非飘落到这种超脱的境地，而是刻意选择高调地如此行事，无耻地藐视中产阶级的尊严，并将我们的目光转向自由的海洋。更多是出于爱玛的主意。她对中产阶级的尊严有很多看法，我恐怕这里她指的正是自己的父母。她对阶级的批判十分强烈，比如她对全家圣诞庆祝由衷地愤懑，或者对歌剧的丝毫兴趣都会让她厌恶，而她的父母对此却钟爱有加，或者她对婚姻嗤之以鼻的蔑视。她热爱音乐，大学期间始终认真练琴；即便是现在，当听到一首中意乐曲的变奏表演，她仍会兴奋得激动不已。然而，一段很短的歌剧也会让她伸出手去按掉开关，表现出厌恶神色的同时，她还会对法西斯政权一顿怒斥。婚姻也差不多如此。在很多事情上，我都跟着爱玛走在前列。她想成为反资产阶级激进分子，这对我来说再好不过。她的一切对我都再好不过了。

正如她所言，她厌恶整洁和秩序，尤其是她母亲在的时候，这就意味着我要独自完成所有清扫工作。当她为我所恼后，她会指出我对秩序的偏执反映出我的专制本性，这无可否认地表明我天生是个资产阶级。倘若在时间地点上出现几次巧合的话，我可能正站在利物浦码头上眺望自己的奴隶船驶向几内亚海岸，或者为军队在彼得卢屠杀①事件中镇压罢工者而欢欣鼓舞，或者当集中营的烟囱往下风口飘烟时，我可能被人看到正心满意足地吃着烤羊肩。她只有在非常生气时，或因为我固执地维护在她看来显然无可辩驳的话题而让她恼怒时，或她喝醉时或更有可能我们俩都喝醉时，她才会说这些话，不过这透露出她对中产阶级尊严的某些看法。

当有什么恐怖事件在我眼皮底下发生时，我总是心满意足地吃着烤羊肩。在爱玛看来，这是典型的资产阶级菜肴；在浓汤、熏鲭鱼、炖牛肉、火腿和李子馅饼中间，总摆放着一块油腻的烤羊肩，正如任何地方都可以看到的羞耻和谴责，这完全是那种沾沾自喜、强迫趋同的自我主义的象征。当某个怪物出现在电视新闻上，我有时会想这又是一个吃烤羊肩的家伙。如果我看出爱玛的神情有点厌烦，我会大喊这句话逗她一笑。我觉得她从未见过羊肩——我必须得问下她——但如果这是她指责我为了彰显权威去骚扰阿美莉亚时在她头脑中闪现的形象，那我对此也丝毫不会感到惊讶。

无论如何，我们没有结婚。在这个问题上，爱玛母亲的表现令人欣慰地处于意料之中，至多是每个月带着克制的痛

---

① 彼得卢屠杀（Peterloo Massacre），1819 年 8 月 16 日发生在英国曼彻斯特圣彼得广场上的一场流血惨案。由于镇压这次集会的军队有的曾参加过 4 年前的滑铁卢战役，故而这次事件被群众讥称为彼得卢屠杀。

苦重提此事而已。在过去，这定然更为频繁，一场舌战一触即发，混乱和厮杀也接踵而至。难听的言语和无言的沉默，仅此而已。不过，年龄、疲惫或熟悉最后让冲突的火花逐渐黯淡下来，没过多久也只有爱玛的母亲会礼貌地带上一丝恶意挑起事端，而她的女儿则表现出一种非常随意的无礼。后来，它们成了纯粹的仪式，犹如燕鸥自发的求偶舞蹈一样，然而在此之前，这种痛苦的交锋里面却充满了怨恨和恶意。

我不认为爱玛对父母总是这样。当我第一次见到他们的时候——我这是临时起意要开头了吗？当我第一次见到他们的时候有种皮革抽在柳树上的音色。第一次见到威洛比夫妇时，我和爱玛都还是学生。威洛比先生刚退休，他曾在伦敦安静地以律师为业，专门与那些在世界黑暗角落经商的公司打交道。至于威洛比夫人，我猜她这么多年都一直积极地掌管着他的生活。在被介绍给他们时，我忍不住笑出了声，因为爱玛之前告诉过我所有的故事。也许，是我过于窘迫的缘故，内心担心他们会固执己见地说点或做点什么尴尬的事情，那种贬低人格并让人无法客气地漠视的事情。我第一次见到他们就带有这种看法。他们第一次看到我则有所不同，我猜他们更多是惊讶。似乎他们并不知道……于是他们让我进屋时，我站在他们面前咯咯地笑。和往常一样，威洛比夫人第一个回过神来。她是个高个子女人，当时年近五十，严肃端庄，却令人愉快——尽管我那时并不这么认为。后来，我在爱玛身上也看到了那种神情，方才觉得这种仪态很有魅力。

"最近天气不错吧？"威洛比太太说，"希望可以一直这样，虽然我不抱太多期望。你在英国很久了吗？"

久得足以知道如何回应这种亲密的闲谈。低声地咕哝，灿烂地微笑，什么也不说。总之，当时在我看来这并非一种可鄙的处世哲学，很多时候我甚至责备自己没有将它贯彻下去。我觉得爱玛在看着我，等着我迁怒于啥事。对此我早有准备，等着她的父母说点什么、暗示什么或者用伪装成看似无辜的陈词滥调来冒犯我。威洛比先生立刻开始发难，态度漫不经心、近乎可亲，他使劲盯着我，想好奇地听一下我的看法。"我估计现在大学里黑人该成千上万了吧！在我那个年代，可不是这样。顶多来个印度王公的儿子，或一位青年酋长。我猜其他人都过于迟钝。如今，你到处都能看到他们。"

我听见爱玛得意地叹息了一声。好老爸，想必他的污言秽语马上就会如期而至。威洛比先生身材匀称，中等身高，不瘦不胖，有点秃顶，但不明显。他穿着羊毛裤和开襟毛衣，系着领带，这身着装让他看起来像是搁下公事暂时休息一样。他戴一副厚框眼镜，镜片后面那双眼睛盯着对方，几乎没有幽默色彩或自我意识。低声咕哝，灿烂微笑，啥也不说！我的嘟哝让威洛比先生的眼睛更为明亮，仿佛我说了什么机智的话。或许，他只是在回应我的微笑而已。我从爱玛下巴都要掉了的表情可以看出，她不觉得有什么可笑之处。在这番刻意挑衅之后，我能做的只有瞎扯和傻笑吗？但这是我们相处的前几天，对于我的这种软弱和平庸行为，她难以置信地瞪着眼睛来表达她的恐惧，我竟然没有撂出几句精挑细选、认真打磨的话语。你要知道那个时候，黑人革命似乎迫在眉睫，每个人都有机会最终成为受害者。爱玛早已加入其中，在这方面她有点像青年土耳其党①成员，一个狂热分子。她已经准备好为了这项事业而牺牲自己的父母。

从她的眼中，我看出一种如今才能辨认的惩罚意味，她眉毛轻轻一挑，显出一副难以理解的表情。她在摆出这种表情前露出一丝微笑，然后便丢下我和威洛比先生聊天，把关注全部转到她母亲身上。你这么喜欢他，你和他一起算了。片刻之后，她似乎忘记了我，或者至少忘记了对我的失望，我看着她和母亲闲聊，内心羡慕不已。她俩笑语盈盈，不时抚摸碰触对方，并相互指责言语不当，计划买个银制佐料罐，并且许诺星期天一同去逛波托贝罗市场②。在我的内

① 青年土耳其党（Young Turk），1894 年在伊斯坦布尔成立，又名"统一与进步委员会"，主要由青年学生组成，主张奥斯曼帝国的领土统一，反对专制制度，活动一直持续至第一次世界大战结束。
② 波托贝罗市场（Portobello Market），位于伦敦西区诺丁山的露天市场，在那可以购买古董、家具、水果、蔬菜以及各种二手货，可谓英国最大的户外市场。

心，充满了无限的怀旧和渴望。

威洛比先生揣摩了我几分钟，默默估量的间隙，他不时抛出一个问题或插上一句评论，我咕哝着应答并豪爽地微笑。"你在学什么？以后能用来做些什么吗？是英国政府付你学费吗？我猜我们已经允许你的国家独立。你认为现在过早吗？那边政治形势怎么样？"最后，我告诉他那边的政府已经将食人合法化。他肯定以为我说的是大麻①，因为他问我是否认为这里也应该如此。每个人似乎都这么认为，好像人们的行为堕落得还嫌不够。我告诉他，那边的总统患有梅毒，据可靠消息他已经精神分裂；他基本上是个瞎子，每天下午三点左右就已经酩酊大醉。每个人都知道此事并避免三点以后找他，因为他的行为在疾病影响下十分危险。我说在我父亲的房子里，所有的床都是金子做的，而且在我十六岁之前，仆人每天早上用牛奶给我沐浴，然后用椰汁给我冲洗。

他忽然笑了，向我讲起他年轻时在法国度过的一年。这对他的法语有很大的好处。他当时生活在乡下，住在农户家里，为一位房产经纪人工作，此人是他父亲的朋友。大多时间天气都很暖和，但冬天就是漫漫长日。我们就此闲扯了好一阵子，后来他又回到攻势上来。在开口说这个之前，他目

---

① 在英语中，cannibalism（食人）和cannabis（大麻）发音颇为相似，故而这里造成了误解。

光炯炯地瞪着我看了许久。"当时学校里有个家伙，和你一样是黑人。他是个跑步高手，虽说是穆斯林。我不记得他来自哪里，大概是黑非洲什么地方。他肤色像扑克牌的黑桃，但是个跑步高手。天生的运动健将，而且很有绅士范儿。"于是我告诉他，我过去早上四点就起，给牛挤奶，田间除草，帮助收割，然后空着肚子每天跑六英里路去上学。后来一天下午，教育部有位欧洲官员来参观我们学校，他是学校督查人员。他在我们班前面讲了几分钟话，然后突然问了我一个问题，但我当时饿得几乎没有力气回答。

"什么问题？"威洛比先生想知道，他颇有兴趣地身体略微前倾，脸上容光焕发，眼睛炯炯有神。

"他想知道第一个吃香蕉的欧洲人是谁。"我对他说。

威洛比先生略微点头表示赞许，"好问题。那是谁呢？"

我自然知道这个问题的答案——不过这时我饶有兴趣地瞥了威洛比先生一眼： 他知道这个历史上重要问题的答案吗？ 他的点头是否有点太过随意？ ——但当时那个下午，我没有力气大声说出来。不知何故，这位欧洲官员似乎知道这一点，并理解我所处的窘境，他把耳朵凑到跟前听我低声回答。"亚历山大大帝。"我沙哑地说。后来，他收养了我，每天让我吃饱饭，并给我一辆二手自行车，这样我就不用每天早上跑六英里了，他还为我交学费，当时是一学期三十二先令。威洛比先生琢磨了一阵，等再开口说话时，他的神情十分激动。"这让过去的一切都值得付出。放弃大英帝国公平吗？这对他们公平吗？"他问道。我知道他说的"他们"是谁。在这期间，我从眼角就可以看到爱玛和母亲在欢声笑语地讲着故事，而我必须全神贯注地坐在那里，以防威洛比先生发动一次侧翼攻击或一场机动的游击队突袭。

我并非在想象第一次看到她们之间那种真情流露，因为我在其他场合同样也看到过。但是威洛比太太对我并不满意。倒不是我有什么问题，而是她想让女儿过得更好，有一次更为正常的交往和一个没有烦恼的未来。后来爱玛告诉她，我们决定要同居时，她默默看了自己的双手一会儿，然后说："我去泡点茶。"几分钟后，她端来茶水和饼干，接着小心谨慎地坐下，并以讲求分寸的凝视和通情达理的语气问爱玛："难道你还年轻吗？"我看到她在尽力克制自己不去咆哮或吼叫，不跳起来将热气腾腾的茶壶朝我扔来，然后用咒骂、侮辱和指责把我从她家赶出去。"你最近有家人的消息吗？"她询问的同时递给我一杯茶。不过，正如她跟我讲话时那样，没等我回答就继续说道："我希望大家都好。你会把她带走吗？我希望不会。你必须确保所有这些不会干扰你的学习，毕竟这才是你来这儿的目的。"

她那种强作掩饰的微笑从未动摇。要说有什么变化，那便是随着她逐渐适应这种局面，她的微笑变得更为安然。对于这个（非正式）家庭成员的加入，她只字未提到底是什么让她不快。正是因为她在掩饰，爱玛接受了她的挑战并正面回击她所有的反对意见，甚至是那些她没有提出的意见。不，我不太年轻。你在我这个年纪已身为人母。当然，这不会干扰我们的学业。你为什么这么大惊小怪？因为他是黑人吗？对于最后这个问题，威洛比夫人神色痛苦；她拒绝屈尊展开这样的讨论。看看是谁要来吃晚饭。此时破坏已经铸就，我不确定自己在肇事当中是否已经扮演了主角。无论如何，母亲和女儿此时已经习惯了常规的摩擦和埋伏，只是有时会演变为公开战争而已。当爱玛怀孕（并无计划）时，威洛比夫人全力以赴发动了一次进攻，把威洛比先生、中产阶级的尊严、未来、待产婴儿的福利等议题全都纳入其中。总之，要么神圣的婚姻，要么送人领养或人工流产。爱玛饶有兴致、满怀热情地进行反驳，以藐视的自信击退一次又一次的进攻。

"但替孩子想一想，"威洛比太太申斥说，"你让她以后怎么想？这可不是愿意不愿意的事情。想一想生于一对未婚夫妇会是什么情况。"

"我是在考虑孩子！我现在就在考虑，"爱玛宣称道，"我不希望她被你们关于阶级、邻居和异族的偏执所压迫。"

这实在可怕。威洛比先生眼睛扑愣愣地望着，当出现一起言语暴行时，还不时惊讶地瞅我一眼，他的表情好像是在问：你真的要为这一切负责吗？当被要求介入其中干预时，他要很长时间才能想出几句明智而且宽慰人心的话，所以没过多久她俩便不理他，而是又回到斗嘴上。我想他更喜欢这种方式。在此类公开的战场上，我很少被拉进去帮腔，不过有时爱玛会用责备的神情看我，这让我觉得如果我有点骨气的话，定会给她提供更多的支持。她俩要求威洛比先生和我在场可谓一种战略储备，以便在事态紧急时可以援用。最后，威洛比先生无奈被迫采取行动，因为显然爱玛拒不妥协。他邀请我去酒吧。

"真糟糕。"他喝了一口啤酒后说。我试了自己的那杯，也无奈表示同意。我现在已经适应了威洛比先生。自一年前认识以来，我们也经常见面。"你想来点肉丸吗？"他盯着黑板上的手写菜单问道。其他吃食有烤肉、香肠、烘豆以及通心粉奶酪。那个年代酒吧里的食物大致如此，即使是在布莱克希思①。"我们过去学校里有肉丸，那是在肯特。除了劳森外，每个人都会要两份。基蒂·劳森。"我点了点头，威洛比先生也点了点头，闭上眼睛片刻。是的，我们认识劳森。笨拙的顾客，他要穿的靴子太大。对基蒂·劳森的回忆让威洛比先生的脸色变得阴郁，或者也许这就是多年前人们对肉丸的想法。于是，我向他讲起过去学校给我们供应的免费牛奶，能有幸听到这样的帝国故事，他的眼睛又像往

① 布莱克希思（Blackheath），位于英国伦敦东南的一个住宅区。

常一样亮了起来。我们一到学校，就排队站在集合广场中央那棵巨大的芒果树下，一起吟唱虔诚的歌曲，而罐里的牛奶正在加热。老师们走到我们中间，轻声细语地问候我们，不时说上一句值得表扬的话。牛奶带有豆蔻和肉桂的味道，而且放了很多白糖，第一口喝起来宛如蜜露。随后，我们还可以选择一份当季水果，有橙子、甜瓜、芒果、菠萝蜜、荔枝，当然还有香蕉。接着，我们大步走到灯光明亮的教室，打破无知和疾病的枷锁，正是它们让我们长期处于黑暗当中，而大英帝国则让我们从中摆脱出来。那时，学校对我们来说就是如此。威洛比先生对这美好的一切摇头惋惜，然后喝一口啤酒掩饰自己的感情。他垂着眼睛坐着，手紧紧握着酒杯，不时根据心中的悲伤左右摇头。"那样抛弃他们是不对的，"他说，"这太残酷。想想我们离开以后，他们相互做出的那些可怕事情。"

"我们回去吗？"我问道，并看到威洛比先生的眼里露出兴致盎然的模样。

"不可能。"片刻之后他说，嘴角露出一丝恶意，眼神又转向了远处。"一切都跟屎似的。我们来点肉丸。"

肉丸端上来时，看似像屎一样，几团黑色的屎块居于一摊棕色的肉汁当中。等我们盯着肉丸看了好几秒后，威洛比先生说："我的脸更该是圆的，而不是椭圆的。"我等待他继续，但他没往下说，我于是点头表示同意。基蒂·劳森肯定说过这话。不管威洛比先生是否被派来加入这场神圣的婚姻战争，他从来没有任何举动；或者即使他有所举动，这对我来说也无从察觉。有那么一刻，我觉得我们已经触及这个话题。正当我们起身离开酒吧时，他突然蹦出"桑博"两字。看来他戏剧性似的改变了战术，要用种族主义的辱骂来逼我就范，但我不确定威洛比先生是否具有这种粗鄙的天赋。他的眼神又亮了起来。"那是学校里的黑人。我们过去都叫他桑博。我就知道能想起这个家伙。优秀的跑手。肤色像扑克的黑桃。我希望他现在是他们国家的终身总统。你们黑人兄弟会怎么说？一团糟糕。"但他似乎对我的回答不感兴趣，我低声地咕哝，灿烂地微笑，什么也不说。

老好的威洛比先生。他可能自己心有所想。你们黑人兄弟会怎么说？威洛比夫人似乎过分专注于这场论战，根本无心去想这事。爱玛当然问了我，我对她说他们首先定会大吃一惊。她选择对此表示满意。我之所以说"选择"，是因为她的眼神当中有种不情愿，或许她认为我们以后会深入讨论这个话题。

随着阿美莉亚的到来，一切都只能暂缓停止。我们放下手里的所有工作，围绕婴儿转了起来，她是又拉屎又啼哭。这个婴儿甚是哭闹，让我有时不得不去想她是否厌恶自己出生的可悲境地。大家说这十分正常，多半是肠绞痛或其他毛病，但是我仍然觉得她是因为自悲在啼哭。当然，这对她没啥好处。在这儿，她有人照顾、有人疼爱，根本没有理由自悲。每次喂奶，她依偎着妈妈的乳房，仿佛那就是自由本身。生活也是如此，我们徒劳地抓着那些囚住自己的东西死不放手。

在她出生的那一刻，数周的准备和焦虑达到高潮，早已从最初的散漫无边逐渐演变为全神贯注的投入。得买几件新的家具、床单被套和一个尿布桶，还得学些儿歌，准备字母游戏，更新孕妇体况表，考虑单身状态等等。爱玛的肚子大得很快，其他倒也一切正常，这让她对一切决定都有否决权。不论怎样，听她说起育儿的各个方面，你绝不会认为这是她第一次生产。多年的教育和训练让她为这一刻有所准备。几年以前，她就知道自己要生一个名为阿美莉亚或比阿特丽斯（有时叫比阿特丽克斯）的女婴。她的论文被搁置一旁，我们关心的已不是卢卡奇、本雅明和海德格尔——此前福柯和德里达曾占据她的话语，而是斯波克博士①的育儿指南。所以临盆在即时，我们的生活自然也就忙于关注婴儿的出生了。小家伙十分健康，出奇的好动——我倒希望她安静睡着——这给叙事片段送上了奇妙的结尾。威洛比夫妇、我

---

① 斯波克（Benjamin Spock，1903—1998），美国儿科医师，他出版的《斯波克育儿经》（*Dr. Spock's Baby and Child Care*，1946）曾是全球育儿畅销书，并影响了几代父母。

还有爱玛的大学好友朱迪，我们在不同的时间轮流围在床边分享这场戏剧。去医院看望时，我沉浸在护士投来的赞许当中；当他们让我坐在爱玛的床上握住她的手时，我微笑着允诺；我甚至高兴地模仿婴儿的声音，他们认为这对于婴儿的健康着实有益。我必须得承认，阿美莉亚似乎确实喜欢我表演的那些滑稽动作，它会照我们期待的那样，暂停与存在的顽强斗争，在空中踢着双脚，发出咿咿呀呀的叫声。

爱玛对任何事都出奇地随意，她更喜欢谈论她不在家时我给自己做的饭和她在病房结交的朋友，而不是她的身体最近遭受的疼痛。她做的这一切又让她显得更加英勇。我当时也在那里，胃饿得难受，尿憋得要死，爱玛因努力努责涨红了脸，在分娩中呻吟着，几个助产师忙进忙出，在我看来全然一副幸灾乐祸的麻木。我想象着他们会说，这是你自找的，所以别再呻吟。

于是，我加入照顾母子二人的日常琐事当中，并对我们的共同努力既感到欣慰又觉得自豪，但我必须得说等搬回我们的公寓时，我开始觉察出这种成就的另一面。首先，只有我在的时候，爱玛似乎不太自在。我说的事情似乎还会惹恼她。等我从斯波克手册中查到母亲产后出现的危机，并把里面的内容读给她听时，她眉毛一瞪显出一脸怀疑，然后继续忙手里的事情，好像我什么也没说。当我像只小狗一样在地上打滚并发出可笑的声音，或者当我躺在她身边等婴儿熟睡后去抚摸着她许可的身体部位时，她才会对我露出一丝微笑。

阿美莉亚似乎喜欢住在公寓。她的叫声提高了，她偶尔也安静一会儿，期间依然不时发出痛苦的啼哭。

爱玛和母亲一心照顾婴儿，手法熟练得似乎全然不费什么力气。她们看着她、抚摸她，猜测着她皱眉、啼哭和欢笑的原因，并互相争论一番。在这些时候，爱玛似乎忘记了自己，但我在的时候，她很少会这样——比如当我乱滚装傻的时候。或许，她担心我鄙夷她的快乐，嘲笑她轻易屈从于母性。她持有一种看法，认为女性是被自己美好的感情击垮的，而她们的社会化会认为这是自己的本性使然。她会说，女性接受的教育便是要自我牺牲，她们只有成为孩子的奴仆人生才会完满。或许，她母亲的欣喜让她搁置了这些顾虑。等威洛比先生受邀前来时，他高兴地盘旋在婴儿边上，弄出一些声响的同时还朝着婴儿龇牙咧嘴打趣。

先生和夫人（每天）来的时候都会捎上礼物，从洗涤液到一公斤牛肉，基本上什么都有。她会去卫生间清洗尿布，而他则带上婴儿去四处都是狗屎的人行道上散步，这样爱玛就可以打个盹儿。随后，夫人不是沏茶，就是喂婴儿，要么去烹饪带来的牛肉。出于有些原因，她偶尔还会留下过夜，并睡在我们卧室的地板上——此前我已经因为梦里呓语吵醒婴儿而被驱逐出去。我问她："我刚说了什么？"不过，她说自己听不懂我的语言。这是一段让人痛苦的插曲。有时，我觉得在他们面前自己是个隐形人。我在他们谈话时如果开口，我的声音听起来会非常奇怪，仿佛我在使用一种无法理解的语言在讲话。我感觉若有所失，不仅言语不清，而且羞于开口。当他们谈论我（或跟我讲话）时，我感觉他们是在可怜我，感觉自己像是一个受害者，经历了一场飓风、霍乱流行或先天畸形等不可阻挡的自然力量的侵袭。

爱玛不时向我投来猜疑的目光，并琢磨着我莫非是在取笑她们。"你和爸爸为什么不去弄湿婴儿的脑袋？"她提议道。

我们坐在几近空场的酒吧（当时才六点半），手里握着各自的酒杯，谁也不发一言。当我瞟一眼威洛比先生时，他的目光正在我身上打量，这让我想大喊一声，尖叫着跑入夜幕当中。他渴望听到一个帝国故事，但我的舌头早已僵化变色，我的脑袋也因愤懑而嗡嗡作响。最后，我向他讲起那家英国医院救我一命的护士大姐。我当时去医院是为了和一位姑妈道别，她因患上利什曼病、麻风、血吸虫病和传染性疖子出现混合并发症马上就要咽气了，而所有这些都由家族遗传的放荡和淫邪导致。在我走下楼梯的时候，一种热带疟疾突然在我身上发作。我倒在了楼梯台阶上，大姐在那儿看到我，并把我抱到床上。直到两周后我完全康复，她才离开我的身边；在此期间，她用酒水涂抹我的额头，还用浸湿的手帕放我嘴里让我喝水。这是一个帝国英雄主义的简单日常故事，但我在讲述中重点有误。尽管威洛比先生似乎没有显得过于不满，我可以说他并不觉得这个故事和其他故事同样感人，于是我内心的艺术家对这种败兴感到一阵失望。

我们默默地握着各自的酒杯，又坐了许久。之后他问道："工作进展顺利吗？"那时，我刚步入职场在一所学校教书，里面全是愚昧而疯狂的学生，他们似乎有点怕我，这种奇怪的反应倒是让人欣慰。学校到处是满身臭汗和炖肉烧焦的味道。我发现这份新的工作每天都是一种迫害，我则终日担心学生会造反，并最终逼我体会受辱的滋味。我时刻保持警惕，思忖着要在每一天、每一小时存活下来，并绝不沦为野蛮行径的牺牲品，重要的就是要先发制人，而且从学生的脸上和他们的叫喊声中，我能看出那种野蛮毫无节制。有些岁数大的男生个头比我都高，有些女生也已经到了生育的年纪，但他们竟忘我地将精力和热情全部投入荒唐的戏虐当中，行为表现宛如狒狒家园中的幼龄动物。

"你现在该为别人考虑了，"我们往回走时威洛比先生说，"正儿八经。"

等我们回来时，公寓里弥漫着炒蛋的香气，里面还掺杂着母乳、罐头、尿布的味道。这种不出意外、压垮一切的日常生活以不可阻挡之势削弱了阿美莉亚的出生带来的那份新奇，并最终把威洛比夫妇送回了布莱克希思。这也让爱玛变得消沉和沮丧，从地区护士到斯波克医生，每个人都警告过她这种产后抑郁，她发现自己无法抵抗。让我高兴的是，我发现为数不多可以减轻她痛苦的方法之一，便是毫无节制地滥用我那善良的自我。我从学校匆匆赶回家，知道自己很快就可以坐享其成，而爱玛则会指摘我的自私，要么又会分析我的偏狭。我尽自己所能去帮她，说些不着调的笑话，玩味碟子里的沙拉（而不是按预想的那样狼吞虎咽），一边建议如果她不乐意我可以做饭，一边在婴儿所在的地方点上一根烟。等到受够了这些恼怒时，她会帮自己解围，并就我的个别毛病奚落一番。

有一天，我依偎着爱玛坐下，阿美莉亚吮着爱玛的乳房，婴儿嘬奶的贪婪不时让爱玛疼痛得面露难色。我告诉爱玛，刚开始先生和女士欣喜若狂地占着公寓让我很不自在（但没有提及我身处他们中间让我感觉像个陌生人）。爱玛说："你爸妈离这么远，他们有什么办法。"她是等了半天才开口说话，用拉长的沉默让我伏罪。我为自己的沉默感到内疚，但我还是不依不饶。"你的意思是他们没法否认自己是孩子的亲人。"

爱玛拉长脸控诉的表情意味深长，虽说以后她定会把该说的话和盘托出。你的问题是你只想着自己。她是他们的孙女。他们完全有资格……你的爸妈甚至没有给我们寄一张贺卡，也没给孩子寄个礼物。我并不是非要把我们的习俗强加给他们，但我想着得有一点儿表示……我知道他们生活很艰难，他们要应对很多可怕的事情，我强加指责并不单是心有怨气。但老实说！连张卡片都没有！阿美莉亚出生后，一切都不一样了，连我父母和我家乡的话题也不例外。

我们第一次认识时，爱玛就对我和我的家乡充满了好奇。她是那么地漂亮，那么地有活力（就连她的头发也意气风发），我无法想象她真心想知道那些尘封在我往日记忆中的苦涩和痛楚。不过，她发誓说她真心想知道。我父亲是做什么的？（这个问题在英国似乎通常排在首位。）我家里有几口人？哦，你是家里的老大。我家里有多少房间？没什么是她不想知道的：我的学校有多大？我们在校际足球赛上赢过几次？我童年伙伴的名字，我母亲的名字。我娓娓道来，她听得入迷。起先，我觉得能滔滔不绝地谈论如此遥远的事情纯粹是一种解脱，然而这些事情似乎始终让我痛苦和内疚，它们在留给我几分苦楚的同时，里面也透着一丝温馨。后来，我羞愧难当地意识到，我曾多加粉饰自己的故事，让它不太难看，而且还在有些地方编造了诸多细节。这种羞愧虽说强烈，却片刻就会消失，于是我习惯了自己的谎言。这让我欢喜，尤其让她欢喜。不！这尤其不会造成任何伤害。听我讲自己的家乡和亲人，她似乎从来也不会厌倦，我承认自己编造这些故事主要是报答她的兴趣，但有些故事明显是为了让我们不致过于卑微，并且让我们的生活看似高贵、有序而已。

一段时间过后，她就不再给予如此热情的关注。我不确定这究竟始于什么时候，但是我琢磨当时我应该并未发觉。这必定发生得非常缓慢，因为我们已经习惯了彼此。我寻思是不是因为她已经看穿我编造的故事，再也听不下去；但说实说，我倒希望她从一开始就看穿这些谎话。她尤其热衷于叙事的形式（并以此作为她的博士论文选题），因此她定然知道我已经篡改了这些故事，以便让我在讲述当中得到补偿和满足。或许，这些故事的大同小异让她感到无聊。如果它们没发生过，我可以编造它们，而她同样可以。不，我想她必定是看惯了、听够了，她现在拥有了完结自己的故事所需的一切，于是她好心地关上了电灯。毕竟，还有其他事情需要顾及。当提到这些她从未见过的地方或从未遇见的人时，她的熟悉程度让我非常欣慰。她在言语中谈起他们，仿佛他们既可预见又很普通，然而在我看来他们并非如此。对我而言，他们陌生、奇怪、另类，与我的处境相隔之遥远，犹如白昼与黑夜。因此，当她提到某个人的名字，然后向与她交谈的人解释说那是我的舅舅时，似乎我的舅舅就在眼前，俨然已经适应英国的干练风格，语气流畅宛若任何人闲谈一般。这让我的舅舅显得普通又平常，而绝非那个板着脸孔、容易动怒的男人，那个总是忙着赚钱却从来不会错过每日祷告的人。

第二章

我既没有舅舅，也没有父亲。我根据自己的继父，或多或少为爱玛创造了这两个人物。舅舅哈希姆是我母亲的大哥，他对我的母亲影响很大。俩人年龄相差十二岁，因为他们为异母所生。他俩中间还有一个兄弟，跑去当了水手，并躲到一艘从南非驶往日本运煤的轮船上，从此杳无音讯。有传言说他在汉堡落了脚，另有传言说他在伦敦犯了事，但在家里面，我们对他的行踪或生活，不论是过去的还是现在的，都绝不能有丝毫兴趣。对我的母亲来说，这个同母所生的哥哥，他的逃亡给他的母亲带来了巨大的痛苦，因为他的母亲曾经那么骄傲地呵护着他。他是她婚姻幸福的标志，她有时怀疑人们会因她与丈夫的年龄差距而嘲笑她。她早前曾和一个年轻男人结过婚，但他急着要孩子，当她没能按他的日程生产时，他就和她离婚了。愿上帝让他卑鄙的灵魂腐烂，让他在暮年遭疥疮之苦。如果人们因为她嫁给一个年龄是她两倍以上的鳏夫而鄙视她，那么这个男孩正是全能的上帝送来的礼物，专门用来斥责人们嫉妒的灵魂。

我母亲的哥哥逃跑时，他们的父亲还活着，但由于儿子的桀骜不驯带给他的耻辱，他在人世的最后几个月再也没有提儿子的名字。当街上有人问起他儿子阿巴斯的下落，他会摇摇头、一言不发，有时还会流下眼泪。每个人都明白，阿巴斯唾弃自己父亲的权威，但这种罪孽是如此深重，以至于大家无从依据惯例替他乞求怜悯和宽恕。对于父亲不久之后的离世，大家自然把责任归咎于儿子离家出走，尽管他们心知肚明，老头在鬼门关外面早已徘徊了好一阵子。如若连这个家族的这点流言蜚语都要拒绝，势必有些过于残忍。几个月后，他们的母亲也出人意料地去世了，但就在咽气的两天前，她都没有任何生病的迹象；上帝之手在此显而易见，那些对阿巴斯心存美好回忆的人们，对于等待他的命运也不寒而栗。舅舅哈希姆和我的母亲别无选择，只能暂时闭口不谈他们的兄弟。有时，我母亲会提起他，讲起他过去说过的话或做过的事；但在这种场合下，她的语气不带任何情感或懊悔之意，仿佛根本没有必要哀叹或责备他的离去一样。

舅舅哈希姆喜欢说，是他抚养我的母亲长大。她的父母去世时，她只有十三岁，而他二十五岁，所以（我可以想象）他主宰着她的生活。在我的记忆中，他是一个严肃的人，喜欢自己的话被人认真对待。单从他的外表和举止，你就能看出他是社区的支柱、当地的显贵。没有理由认为，在我母亲年轻的时候，他在她跟前举止会有什么不同，即便他在外人面前的举止也还没有变得如此自信和高贵。总之，后来正是舅舅哈希姆安排了我父母的婚事。

当然，他这么做并非为取悦自己，或是表明有权支配我母亲可怜的人生，虽说他本来也可以如此行事。他本人依然未婚，而且喜欢这种简单的安排。他们住在一条通往码头的主路边上，房屋的一楼是并排的三家商店，这是他们的父亲多年前买下的一块黄金地段，连同上面盖的房间，这便是他们的主要遗产。这三家商店——三间房舍面向马路，每间后面另有半间充当仓库——得来的租金足够舅舅哈希姆做自己的生意。楼上的房间足够两个人住：每人一间卧室，一间客厅（两面墙上都有百叶窗，一扇窗户面朝海岸），一间厨房，一间浴室和一个露台，在那儿母亲每天晾晒衣服，用生锈的煤油桶种玫瑰和薰衣草，有时她晚上坐在那儿，听着楼下街道上的喧闹声，不时抬头望着繁星点点的夜空。

一天晚上，舅舅哈希姆回家比平时要早，因为他喝了不新鲜的酵母汁而胃里难受。他是一个注重规矩和章法的人，这种性格在这个消遣不多的小地方很吃得开。宵礼以后，他通常会从清真寺去也门面包师经营的餐馆，要上一杯酵母汁和一小块面包，然后在回家吃晚饭前，再去主路的咖啡馆听会儿广播新闻。他发现我的母亲坐在露台的垫子上，她的身影在厨房灯光映衬下格外醒目。"你为啥在黑暗中坐着？"他问她，"我们得在这儿安个灯。""别安，"我的母亲说，"我喜欢这样。"他让她给他端点咖啡，晚饭就不用了。这是三月份雨季到来前一个凉爽的傍晚，所以他让她把咖啡端到露台上，而不是他的卧室。他坐在她刚起身的垫子上面。当他坐下的时候，他透过眼角的余光看到什么在动，等他转身察看的时候，发现有人从附近一栋房子的窗户前移开了。那只是墙上一尺见方的窗洞，既没安窗扇也没装玻璃，是一个用来照亮楼梯转弯处或为商店通风的开口。那栋房子的位置与他们成斜角，因此窗洞从露台上看去显得很窄。在那窗洞后面，屋里的灯光暗淡昏黄，是一盏煤油灯。不过，舅舅哈希姆非常确信，他瞥见的人影是个男人，而且他觉得他知道那人是谁。

那时，我父亲刚从农村来到亲戚的那栋房子里安顿下来，他要到镇上的师范学院读书。一年前，他在十八岁的时候从八年级结业，却因为年龄缘故没能升入高中，因为高中名额竞争非常激烈，而城镇初中的表现总比农村中学要好。这不仅因为学生到城镇中学读书方便，学校师资、教材、厕所和运动设施配置更好，而且因为农村中学的家长会要求学生请假回家帮着干农活，有时不得不留级一年。大多数城镇中学的学生在十四岁就已经读到八年级。父亲在中学阶段由于农忙季节旷课，所以毕业时年龄就大了不少，尽管他在本校并不算是最大的。无论如何，他最好的出路便是到师范学院读书。舅舅哈希姆曾见过这个新来的邻居，这是一位体格单薄、身形矫健的年轻人；在大街上碰面时，此人还向他打过招呼。他被对方的绅士举止打动，并认为这几近乎腼腆。

舅舅哈希姆坐在昏暗的露台上，他惊讶地意识到自己竟能嗅出我母亲所种玫瑰的香味。他发现当自己专注于这香味，并张开鼻孔深深地吸气时，这香味便避开他，并变得甚为浅淡。片刻之后，他就放弃了尝试。尽管如此，他还是觉得自己很聪明，竟然可以意外捕捉到那一缕淡淡的幽香。当我的母亲为他端去咖啡的时候，她也不愿过多逗留，说自己会泡上衣服，然后就睡觉。但她在外面逗留了很长时间，光线又是那么清晰，这让舅舅哈希姆坚定了之前惴惴不安又努力克制的想法：我的母亲具有了女人的身体。这并不是说，他没意识到这一点。只是在他面前，她现在为掩饰日渐成熟的身形，穿着打扮已经有别于往日；并且在共同的空间里，她的生活方式具有一种全新的隐秘色彩。当有客人或朋友来访，她就变成了另一个人，她们浑身散发着活力，各个欢快地嬉戏作乐，这在舅舅哈希姆看来简直肤浅至极。她们的香水和脂粉，她们的檀香和麝香，从热情的肉体中呼之欲出，就是他坐在另一个房间，这也会让他喘不过气来。

她在露台上徘徊于一位仰慕者的视线之内，这让他既感到十分震惊，又有一种大难临头的感觉。他坐在阴暗处，再次被玫瑰的香味触动。只是这一次，这气味让他想到了败坏和混乱。

那晚之后，他便留心这位年轻人，并打听一些有关他的消息。除了彬彬有礼和青春洋溢外，他发现这人也没什么值得称道的地方。他的父亲在邦吉附近有一块不大的田地，这点薄田只能种些香蕉和芒果不时拿到市场上售卖，得来的钱也只能勉强养活一大家子人而已。他投奔的亲戚是自己老家的邻居。舅舅哈希姆听说他学习非常勤奋，态度十分恭顺，待人甚是友好。不过，他曾在咖啡馆听到此人就自己熟知的一个话题侃侃而谈，一时还语惊四座。他似乎已经注定是个老师。舅舅哈希姆认为，他以后会穷得体面，并且愈发地学究，正如所有的老师那样。

因此，舅舅哈希姆开始着手我父母的婚事，也并非出于对父亲的喜欢。他只是不想被暗处的阴谋和压抑的怨恨包围而已，有朝一日如果它们爆发定让家族蒙羞。他也没有女眷可以找来帮忙，拜托她委婉地开口说亲，他也不能和我的母亲谈论这事，免得看似这是在鼓动她行事不知廉耻。如果让她知道他默许了这份情感，等白天他出门忙生意，天晓得会发生什么事情。然而，舅舅哈希姆很有能耐。他对自己的处事能力十分自豪。阿巴斯的离家出走，他父亲的耻辱和葬礼，以及我母亲的教育，所有这些他无不处理妥帖。就眼前这件小事，他同样可以应对。他向我的父亲表现出十足的善意，碰到啥事请他帮个忙，这样一来就让自己欠下人情，等到家里来客时也请他过来一起吃饭，最后再两次提及他的婚姻问题，一次是其他男宾在场时说笑谈起，另一次是他们独自坐在屋外路边的长椅上纳凉时提出。谁还能抗拒这种鼓动？几个月后，等我的父母傍晚时分在暗处的私会已是明摆着的事实时，父亲那边的亲戚便第一次登门说合这门婚事。舅舅哈希姆也从中斡旋，并让母亲嫁妆微薄这等棘手的事情看似更是各方信仰谦卑刻意而为的结果。毕竟，作为一名瓦哈比教徒，这种俗事让他十分嫌恶。只有傲慢自大和缺乏教养的家伙才会炫耀他们的财富。等嫁妆的事谈拢后，这门婚事也就再无其他障碍。

婚礼如常进行，一应安排都由家族女眷操持，因为她们认为自己要比舅舅哈希姆在行。婚礼结束后，我的父亲搬进了商店上面的房间。傍晚，我的父母坐在芳香四溢的露台上低声耳语，至少在婚姻的早年如此，而舅舅哈希姆则琢磨着回归平静的生活。他俩一直低声聊到深夜，起初这让空气变得紧张，并让舅舅甚感不安，但他懂得克制对这事的怨气，而父亲那些登门造访的亲戚，他们一方面是来认识这位新娘，另一方面是来掂量舅舅哈希姆的财力。

舅舅哈希姆有钱远近闻名，但他从不费心去证实或否认。不论是生活中还是生意上，凡事他都能插上一手，毕竟二者也没太大的区别，并且能神不知鬼不觉地安全离场。充裕的时候他入手囤积，等短缺的时候再抛售出去。英国人掌权时，每个人都可以做买卖，除非这是英国人想要或他们觉得需要的东西，或者这个东西的缺乏（因有些阴险狡诈的小贩或冷酷无情的阿拉伯商人囤积所致）会让他们无法维持殖民地的良好秩序。不过后来，他们厌倦了所有的统治，他们来这里为这帮性情乖张的家伙工作，这帮人却不再保持沉默，竟然忘恩负义地对自己恶语相加，于是他们抽身离开这儿，任凭这些不服管束的家伙陷入混乱局面。

过了很久以后，在当地本土恶霸统治下，日子变得愈发艰难，舅舅哈希姆的生意也更加多样。他把钱财换成了外币，深谙如何应付运输法规和海关限制，仰仗他可以走私任何所需物品：一个电烤箱、一个马桶、一批水泥。他之所以能做到这一点，因为他既为高官谋取这些东西，也为那些贫穷的小官谋求，而这些人是能断了他的财路的。他们也得生活，也得做饭、冲洗马桶，也得为自己、母亲和姐妹建造房屋，尽管是他们制定并维护的那些愚昧的法律造成了货物稀缺的局面。不过，这正是他们在那儿的目的，正是他们身居其位的目的：他们制定法律颁布法规，并确保人人必须遵守——不管是野蛮处罚还是其他手段——而他们作为立法者和骗人精，却蹲在每个人的脸上，把脏物泄到大家的身上。

舅舅哈希姆自然知道如何对付他们，并且办事手法似乎并未让他因从事这些交易而名誉受损。不论给予还是接受，他都以礼相待，这让那些与他打交道的人都觉得在彼此的交换中也倍感荣幸。除与人打招呼外，他从来不会拔高话音，然而他的眼神和语气却是锋芒毕露。若有商店扒手在当地被抓，此人首先会被带到舅舅哈希姆那里，而他会建议是否应该将人带到警局，还是一顿拳脚教训。若有人为金钱或其他名誉问题争论不下，他们最终肯定会请舅舅哈希姆出面调解。每逢值得纪念的日子——斋戒月、宰牲节、圣纪节或有长年外出的游子回乡——他都会邀请一些人到他家里一起吃饭。岁月荏苒，舅舅哈希姆是越老越有智慧。如今，对他而言每一种造物都有自己的寓意所在。神创造了一切，舅舅哈希姆每日顶礼膜拜，并祈求神的指引和慈悲。

爱玛称他是你奸猾的舅舅。对于她的直白，舅舅哈希姆定会惊讶地瞪大眼睛，然后欢心地一笑了之。他乐得承认自己是个讲求实际的人，并深知自己的局限。在他看来，爱玛的评判不过是另一种恭维而已，意味着他能体察自己的利益所在，并把每一种优势发挥到极致。

起先，我的父母光顾着自己，并未留意其他人。他们满脸笑容，享受着生活的新义。我父亲就读的学院在城外六英里的海边，他一大清早就得出门，去乘坐专为城里学生开通的班车。大部分学生都寄宿，城外的场地包括他们的宿舍、操场和教室。课程一直持续到下午，所有学生都会在食堂一起吃午饭。当我的父亲回到家时，一整天下来已浑身是汗，我的母亲早已洗好衣服，清理完舅舅哈希姆和自己午饭的餐具，并做好了晚饭。总之，她已办妥所有的家务，随时准备照顾他。他用我的母亲在桶里备好的温水洗澡，他把水舀到身上，低声哼些歌曲，然后就回卧室找她。晚些时候，他会出去散步，在咖啡馆坐会儿，日落不久便回家，并直到第二天早上才出门。

他们的生活像是一首田园牧歌。两人一直聊到凌晨，头挨着头低声耳语，各自讲着白天发生在自己身上的事情。他告诉她，自己的父亲个头不高却很好斗，而且更喜欢耍威风，治家像个暴君一样。他一醒来便催促所有人起床，他不问家人的意愿和看法，便会指派每天的任务。他还说，重要的是他们得生活行事像是一家人。在这方面，他有关哪些能做哪些不能做的规则尤其详细，而且大多非常死板：这些规则要求每个人都得按他说的行事。所有人当中，他干活最卖力、时间也最长；他始终在讲话，而从不听人说——吓唬、指责、建议——不给任何杂念扎根的机会。如果他察觉到半点抗拒，他会怒目而视并笑着说，所以你认为你比我更懂行。

我的父亲是家里的老小，上面还有两个哥哥和一个姐姐。姐姐排行老大，她比我的父亲大八岁。他们都想上学，但没人得到允许。等两个哥哥提出想要入读新开办的学校时，他们的父亲惊讶得咧嘴笑了，那是一种专门针对类似的荒唐事而发出的怪笑。你们不是认真的吧，他说，田地里需要你们。对于想上学的姐姐，他一连奚落好多天，说她是想跟男生干龌龊事。从行事来看，他从不打女儿。他把这差事留给她的母亲，自己则忙着管教儿子，并在需要的时候经常动手。他怒斥女儿上学的愿望，臭骂她可恶地背叛养育之恩，谴责她卑鄙的伎俩让一家人蒙羞，他好几次都差点扇她巴掌，只不过当他开始训斥时，她的母亲由于并未走远，方才扑上前去连号啕警告带乞求宽恕才加以阻止罢了。

我父亲七岁的时候，十三岁的大哥一天早上牵着他的手，带他步行一英里多的路，走到镇上主路边上的学校。他的父亲什么也没说，他的母亲则对他的头发和脏脚一顿大惊小怪，并说些难听的话阻止他的父亲干预。他的母亲经常对他过分疼爱，护着他免受父亲的怒斥，不让他干指派给他的家务。等他的父亲因此败北时，就称他是"妈妈的宝贝儿子"。等他上学读书时，他的父亲最初几周一直这么称呼他，好像他已经忘了儿子的名字，但这也表明正是他的母亲大惊小怪，他才允许如此疯狂的事情发生。每次他觉得有必要的时候，他就让我的父亲留下帮家里干农活。有时，在家一待就是几周，直到我的父亲明显已经无事可做，而这时他的哥哥或姐姐会厉声问他：你在这里瞎晃什么？快去学校。如此一来，他由于错过太多的学习时间而不得不重读几年，因为他要么在考试时缺席，要么因准备不足而挂科。后来，当他正式读完八年级，并被师范学院录取时，他的父亲竟然拒绝替他交学费，尽管每学期才三十二先令。这学费确实很少，虽说只是学生好意和守信的表示，不过像我的父亲那样的穷人也确实无法自筹。

那时，我父亲的姐姐已经结婚。丈夫还是自家远方的亲戚。他住在城里，当房屋油漆工的学徒。这位姐姐在去看望自己母亲那边的亲戚时，把母亲送她的一只金手镯拿到当铺换了现钱。就这样，我的父亲来到城里住下，并上了师范学院。他的亲戚不仅供他餐饭，还给他住处。那时，战争刚结束不久，日子非常艰难，各种食物短缺，所以他很感激他们没多想就收留了自己，而他也尽力不添负担。他的姐姐本想收留他，但夫妻在城里的贫民区只租了一间房，俩人养活自己都有困难。他住在亲戚家更好点。她时不时地来看他，而且每次去乡下看家人时，她都会带上水果作为礼物。

他在师范学院结交了朋友。下午放学后，他会和几个朋友去海边散步，他们会一边闲扯，一边相互调笑。日落祈祷以后，他们或去咖啡馆或回家吃饭，而年长的学生会再去散步，寻找更多隐秘的欢乐。我的父亲没有钱，他自己很清楚这一点；在咖啡馆，他只好两手空空坐在人群边上，听大家高谈阔论。每天晚上，他们都会回到印度独立的话题上来，并对英国民心的崩溃惊叹不已。一天晚上，咖啡馆里一位说大话的家伙取笑甘地，说他是用阳具把英国人给吓跑的裸体智者。我的父亲发现自己竟然为这位瘦骨嶙峋的老人所具有的力量开始激昂陈词，讲起他丝毫不惧大英帝国的威猛武力，他的非暴力运动具有化解干戈的魅力，以及他献身印度解放事业的宏愿如何鼓舞成千上万的人们等等。等他讲完之后，他以为会遭到嘲笑，但大家很有礼貌，他于是心存感激马上离开了。

之后，他晚上都待在家里，深信大家都在因为他的贫穷和他的强行插话而鄙视他。晚饭过后，他就做学院的功课，作业倒是从来不多。接着，他阅读自己的课本：地理和历史最有故事性。他住的这间小屋之前是个储物室，在他的床尾还摞着两个上锁的木箱。这间屋子没有接电，他只能靠一盏煤油灯的光线读书，这油灯放在那两个木箱上面，他写字时腿上放块木板充当桌面。房间的门只能半开，他换衣服或穿衣服时，得站在角落或躺在床上完成。不过，他很感激这个狭小的空间提供的安全和隐私。没人会无端呵斥他，而他可以随时退回小屋。

他瞥见我的母亲在露台上，来回穿梭于晾衣绳之间，于是礼貌地把目光移开，免得让她看见他在打量自己而生气。一个星期天的早晨，他躺在床上许久未起，靠在墙上窗洞开口的地方，漫无目的地朝露台望去，想着如何打发一天的闲暇。他见她拎出一桶洗好的衣服，看她把它们挂好。她扽展绳上的衣物，在晌午的阳光下皱着眉头，他看出她很漂亮。他只看了她一分钟，然后隐身退去，但后来他一进房间就走到窗户前，去看她是否在露台上。有一次，她瞥见了他，他慌乱地隐身，但下一次他站着不动，并假装目光投向另一个方向。他发现她傍晚坐在露台上，于是便站到自己的窗前，朝她那边望去并爱上了她，同时想象着她四周散发出玫瑰和薰衣草的香味。有时，她会放声歌唱，或是躺在垫子上，凝视着天空。她只待半小时左右，也很少朝他的方向瞟上一眼。但他每天都在等待这一刻，早上一醒就满怀期待，并且一整天都在琢磨这事。她偶尔也会不现身，这时要么是家里有客人，要么是她出门吊唁亲戚，要么是参加婚礼（他如此揣测一番），他则感觉像被人遗弃一样，心里酸楚难耐，仿佛她已经去世，永远离开了他。

　　每次在街上看到舅舅哈希姆，他都觉得自己的这种暗恋很荒谬。当他们相遇时，他礼貌地向舅舅打招呼，正如其他人那样，尽管当时舅舅哈希姆还不到三十岁。他个子很高，步伐矫健而坚定，态度十分自信。每当看到他时，我的父亲觉得自己简直可笑至极，竟花那么多的时间盯着人家的妹妹看，并对她痴心妄想。一天晚上，舅舅哈希姆来到露台上，一转身就看见我的父亲站在窗前，极不光彩地窥视女人的生活。我的父亲确信自己已被看到。墙上的开口是房子那面唯一的窗户，不知怎的他觉得每个人都知道，他住在亲戚家狭小的储藏室里。他料到至少会遭人揭发和嘲讽，也许还会挨打。但当他们在街上再次碰面时，舅舅哈希姆连步伐都没改变，而我的父亲已经胆怯地等着挨打或羞辱。更让他惊讶的是，舅舅竟向他明确表示好意，以至于连他的亲戚都暗地里说，舅舅哈希姆一定想让他当妹夫，而且还果真如此。

　　我父亲的姐姐制定好了策略。她会和亲戚们说合一番，并请他们的叔叔去和舅舅哈希姆坐下来聊一聊，看一下这事到底怎样。同时，我的父亲得回家几天——他在镇上住了七个月才回过家一次——向他们的父亲解释一下情况。她不和他一起去吗？她晚点会去，她说，再等几天。

这就是你一直接受的教育，他的父亲说，那可不是我送你上学的目的。这时，他有个哥哥放了个屁。这完全是在故意挑衅，他的父亲绝不能容忍别人在离他很近的地方放屁，这简直让他火冒三丈；在他看来，这是刻意在侮辱他的人格和荣誉。他起身去追儿子，跑下门前的台阶，钻入面包树丛当中，又是辱骂又是诅咒，一直追到玉米地里，那儿他停歇了几分钟，在最后一轮恶语相加之后，又对着一棵椰子树撒了一泡尿，然后才迈步走回家里。这就是我送你到城里接受的教育，他在奚落完儿子的缺点后说道，我没钱办嫁妆，何况你的两个哥哥还没结婚。我的父亲没什么可说，只说他喜欢这个姑娘，而且他觉得她的哥哥希望他俩结婚。这次谈话他的父亲似乎可以说上好几年，期间还强求我的父亲换上工作服下地干活。过了几天以后，他的姐姐带来消息，说是他们的叔叔和舅舅哈希姆已经把婚事给商量妥当。

我的母亲非常乐意听从这些安排，甚至在与我的父亲正式订婚之前，她在街上遇到我的父亲就会摘下面纱和他说话，并对他灿烂的笑容和欢声笑语心生向往。人们看到他俩这般交往，也就像看待平常事情那样笑脸相迎。等在结婚证上签字时，她用拇指摁了指印，并在上面写了个 X。她告诉我的父亲，她从来没有上过学，而舅舅哈希姆读过五年级。她的母亲曾提出让她上学，但她的父亲坚决反对。其他母亲早已要求让自己的女儿和儿子一同上学，也正是这个原因她的母亲才敢鼓起勇气提出此事。但他说不行，事情就是如此。等她的父母去世后，她抱着被拒或更糟的可能，曾委婉地问过舅舅哈希姆，是否她去上学有些过晚（当时她已经十三岁），他说确实如此。后来的几年里，她会在他面前叹息一番，并指责他把她圈养得像畜生一样无知，而她本来有机会多少自学一点，或许她能学会读写和加减，也不至于遇到这等事的时候，自己感觉就像个孩子一样。结婚最初几个月，她把这事讲给我的父亲听，那时故事似乎没个穷尽，两人对这些故事和其他亲密关系的渴望似乎永不知足。

我记得你的姐姐在婚礼后第一次来看我，我的母亲说，并尽可能挨着父亲温暖的气息躺着，两人头靠着头依偎在一起。他的姐姐盯着我母亲的一对金手镯，这是舅舅哈希姆送给她的一份结婚礼物，看到对方内心一番盘算，我的母亲不禁笑了起来。好像她在用自己的眼睛称重似的，这双眼睛在客厅里瞄来瞄去，看着室内的地毯、镜子和带塞的玻璃罐，这都是他们的父亲装修这栋房子时买来的饰物。尽管这番打量显得有些粗鄙，我的母亲依然乐于结识这位姑子，因为她的丈夫曾讲过她的不少趣事。他俩嘲笑她的滑稽，他还说她和丈夫如何的贫穷。不管怎样，他们的生活一直都很穷。他们乡下的房子拥挤而简陋，只有两个卧室和一间储物室。他的父母睡一个房间，兄弟三人在另一个房间睡床垫，而他的姐姐则睡走廊。家里没有电，水得从院子一头的井里打，后院的另一端有个蹲坑茅厕。总之，房子到处散发着逼仄和贫穷的气息。

其实，我的母亲起初并不介意自己受到姑子冷漠的审视。但她开始在午饭前上门，并且不是一两次，而是每隔一周就来一趟，或请求舅舅哈希姆帮着付房租，或说家里的食用油用光了，或说她丈夫的最后一双凉鞋断了而自己不知道他啥时候能再买一双时，我的母亲对她的出现感到羞愧难当。这让她的丈夫丢脸，而他压根不知道内情，因为没人告诉他，但正是他让这些登门造访成为可能。

不过，舅舅哈希姆似乎并未因此受到困扰。我父亲的姐姐每次上门，他都礼貌地接待她，并询问她和家人的健康情况，而且不论人家索要什么都尽力而为。正如过去几年那样，他让我的母亲操持家务（有时还带回几条鲜鱼丰富每日的菜品），并且每个月给她一些钱供她和我的父亲开销。他只把钱给她，既不做解释，也不要说明。这钱，拿着。我的母亲捧着双手接下钱，心里自然明白。认识多年的姨妈婶娘全都上门来求她，大家诉说着各自的悲苦，讨要一点施舍。舅舅哈希姆的钱财让她在这些长辈面前很有尊严。我父亲的学费也由这笔钱支出，还有他上学要买的新衬衫和新裤子，以及她为自己缝制一件新衬衣所需的布料。有时，我的母亲还建议我的父亲添置其他东西：一双新的凉鞋或者另一个书包。有一次，她请皮匠做了一条皮带送他。正是那个为他做凉鞋的皮匠，这双真皮凉鞋用了上等软皮，等父亲去取凉鞋时皮匠拒绝收钱，说他会和舅舅哈希姆处理妥当。当他在街上和人们互相问候时，他听到大家在自己身后会说他是舅舅哈希姆的妹夫，有时人们还请他代为向舅舅哈希姆问候。

过了一年左右，他逐渐意识到自己开始畏惧舅舅哈希姆。他的自信曾让我的父亲战战兢兢，但现在他害怕舅舅会不高兴，并且深信舅舅哈希姆对他只有鄙视。他并非一直都有这种感觉，倒也不是因为舅舅哈希姆说了什么，尽管舅舅朝他微笑的方式让他感到不自在。他们有时也会坐在一起，谈论街上听来的轶闻或故事，但很明显舅舅哈希姆希望交谈简短为好。有时，我的父亲也会忘记他的畏惧和依赖，这可能是他在学校埋头学习或沉溺玩乐，或当他独自一人坐在房间潜心读一本从朋友那里借来的书，或当我母亲在深夜的黑暗中躺在他身边的时候。但每天或早或迟，这种恐惧和悲伤的情感会毫无征兆从他内心某个地方涌现出来，让他感觉像快要溺亡一样。他感到垂头丧气，太阳穴奇痛无比。随后，他耸起肩膀，便朝某个方向奔去，对着自己一番吼叫，猛捶大腿（这些行为都是私下进行，以免人们认为他疯得可怜），尽力让自己摆脱这种窒息的感觉。但狂奔几步之后，他会放慢脚步，感觉自己又消沉了下去。每当他想到自己以及自己身边的一切，他就感到怒火中烧。

当他得知姐姐曾多次登门讨要——他注定迟早都会知道，他感到如此的羞愧难当，以至于竟半日未归，而是冲去他姐姐的家，但他没去找她对峙，反而转身又往回走。在她居住的地方，小巷里污水蜿蜒流动，垃圾堆旁人们坐着聊天，鸡群则在啄食，眼前的一切让他更为平静。为何他不能像她一样？为何他不能充分利用落在自己头上的好运？什么东西让他感到如此凄凉？当他回到家后，他生我母亲的气，问她为啥愿意接纳像他这样的臭乞丐。她没有责骂或安慰他，也不知道如何是好。她坐在他的面前，两眼闪闪发亮，看着那个曾经在黑暗中为她放光的男人，竟然变得如此刻薄并畏惧这个世界。他每天忍受着痛苦和孤独，而她对他的爱也在逐渐消失。

等我出生时，他们便是如此。我父亲的姐姐在我出生第二天就来了，她把被褥铺在我父母卧室的地板上，一连住了好几个星期。我的父亲被赶到了客厅，他晚上打地铺，早上再卷起来，以便母亲可以在那儿接待客人。我的姑妈负责做饭、家务并照顾我和母亲。她的父母奉命前来看望他们的孙子，并看她如何管理舅舅哈希姆的房子。舅舅哈希姆不加反对并让自己少露面，但他还是把每日的开销送到我母亲手里，并回绝了姑妈向他提出改善生活的建议。倘若我的父母知道如何赶她走,那将是个无比有趣的插曲,但他们压根不知道咋办。我的父亲陷入悒郁的沉默当中,而我的母亲光应付产后身体出现的异样以及人们没完没了地提给她的建议,早已经忙得焦头烂额了。最后,舅舅哈希姆告诉我的姑妈,她该回家照顾自己的丈夫,我们会自己打理好一切。她不情不愿地走了,但每天都会再来。家里有什么事她都抢着干,不禁让大家都欠了她的人情。她会一直待到午饭时间,为自己和丈夫带回点食物,然后承诺第二天再来。她要是待在自己家里,而弟弟的妻子和儿子(那就是我)需要她的时候人又不在,她会感到非常难过。我的母亲觉得这种每日造访难以招架,于是尽力控制并减少对方来访的次数。若要说有些效果的话,这效果也不算好。因为随后几年里,姑妈和她丈夫的午饭基本都由我家的厨房供应,我差不多成了她的儿子。我的母亲对此十分厌恶,她尽力阻止姑妈去搂抱我。她的搂抱有种硌人的感觉,在这一点上我站在母亲一边。我的姑妈回家后,我的母亲是既痛苦又疲惫,她只想独自待一阵儿,为自己的沮丧和孤独大哭一场。

　　一种全新的沉默笼罩在我父母的生活上面。此时,我的父亲正在乡下的一所学校教书,他早上第一件事就是出门,直到下午很晚才回家。他俩之间也并非没有话说,而是彼此之间的温情已经被习以为常的拘礼和愈发频繁的恼怒所取代。我的母亲是个语气柔和的女人,她的恼怒时常表现为沉默和内敛。对我的父亲而言，他的痛苦则愈发深刻，并演变成与往日完全不同的模样。

我对爱玛说，我不太明白我的父亲如何会变成这样，为何这种依赖他人的恐惧会把他压垮。对当时的爱玛而言，一切东西都是她的分析素材，她听完之后不假思索地说："他恨自己。因为他无法支配自己的生活。"

支配！那时她可以想到这样的词语，那种光彩夺目的词语让一切都显得截然不同。"我也无法支配自己的生活，但是我不恨自己。"我说支配时语气过分凝重，她转眼看我许久，不知道是因为这一点，还是因为她对我不恨自己表示怀疑。

"男人就是这样。起初，他们禁不住诱惑坠入情网。然后，当事态变得艰难，他们会责怪女人把自己困住并逼迫他们放弃自由和抱负。他行事就是如此，难道不是吗？他喜欢有关这一切的想法，有一个可爱的姑娘在玫瑰丛后面偷偷注视他。正是因为她，他发现自己再次受困，并落入你那位可怖舅舅的魔爪。"

"那他肯定恨她。"我说。

"可能如此。"她说着跳了起来（当时我们躺在床上），仿佛她抓住了我的把柄一般。"但他更恨自己愚昧得被人骗了，同时也恨自己竟甘愿如此愚昧。还有你的舅舅和他贪婪的姐姐，这两人强化了他离家时没能解决的恋母情结。"说完之后，她朝我猛地点头以示胜利，接着便又躺了下去。

第三章

　　我是在一家餐馆认识的爱玛，餐馆名为"艾菊烧烤"，位于伦敦报春花路，SW19 邮政区①。后来，餐馆改成了埃尔斯米尔酒吧，但改造前我就在那儿认识了她。我在餐馆洗了快一个月的盘子，她来当服务员。我去那儿打工大致如此。那时，我住的一居室地处图廷最南头，正好位于科利尔伍德和温布尔登交汇的拐角。一居室所属的联排房屋主人是个牙买加人，他本人是建筑商，所以房屋装修不仅丰富多样，还带个人色彩。虽然我的房间既没有存放衣服的地方，也没有抽屉或衣柜，里面却有个淋浴间。淋浴间过去是个壁橱，若房东不是如此有创意，我倒可以用这点空间来挂外套、衬衫或堆放脏衣服。房间的电表上方，还安有一个排气扇。"现在用不着开窗，"我的房东解释说，"这儿冬天冷得要死，小伙子。你煎鲷鱼时，别弄得到处都是味道。"

　　在我感觉体力充沛时，公园散步可谓是一种廉价娱乐，这消磨了很多的时间，不仅让我可以离开自己生活的那间有些邋遢但还算舒服的屋子，而且可以抛开老师要求完成的课后作业。一个周末的早晨，在公园附近散步时，我看到餐馆橱窗布告栏上登着"招聘店员"的信息。我猜想这里指的定然不是我，因为我对自己的魅力早已失去信心，根本无法把自己想象成"店员"。此外，这家餐馆门上招牌的名称和字体显得庄严肃穆，这让我觉得来这儿的顾客也同样的严肃，并且自尊心都很强。但我非常缺钱，而且不能工作——我的学生签证上写得很明白。我在街上晃荡了半小时，从各个角度接近餐馆，以便让它显得不那么陌生和冷淡，同时也竭力克服自己的软弱。在我有一次转悠时，我看到一个清瘦的男人走到餐馆门口，掏出一串钥匙开门。他扫了我一眼，朝我微笑着说："有事吗？"

我像聪明的伞兵，快步走到他跟前。"那份工作还招人吗？"我问道。

"洗碗，"他说，"随时开始。六点到十一点。"

等爱玛出现时，我对这份工作的兴奋劲儿早已烟消云散。如今，只剩下油腻的脏水、难洗的餐具和以残羹为食的生活（是的，如果顾客没怎么动的话，我会吃点剩下的餐食）。我所处的厨房角落光线充足，所以我不会漏过盘子上的任何污渍。有时，这些灯光让我感觉自己像是军营里的囚犯，四周围着一群暴虐的家伙朝我吼叫。一开始，可以见识厨师的技艺着实令人兴奋，尤其是他们精湛的刀功、简洁的

---

① SW 指伦敦西南角，该邮政区包括著名的温布尔登。

动作以及那份欢快和投入。但一个月之后，他们显得疯狂而狭隘，对顾客评头论足，相互之间充满报复和竞争，动辄就因宿怨争吵不休，全然不顾周围那些零散的刀具。那个消瘦的男人正是主厨彼得，德国面点师在背后叫他"法塔-法塔"①。彼得是这儿的暴君，他爱发牢骚、缺乏克制，堪称斗嘴冠军，把大伙当作颠覆分子看待，觉得每个人在诸事上都在阻挠他。他对我也像对别人一样爱发牢骚，起先这让我感觉十分踏实，感觉自己是大伙中的一员，尽管餐馆开张前我并没有和其他员工一起聚餐。

　　爱玛当时的确是个美人坯子，尽管当时我们谁也不知道甚至也没想过这一点。第一天晚上，她每次步入厨房，口哨和喧闹四起，彼得则得意地笑着，好像这一切都出自他的手笔。这场面让爱玛心慌意乱，她带着羞涩慌张地工作，脸上始终客气地挂着笑容。她还从未交过男友，似乎也没听别人向她说过任何调情的话，所以当彼得以惯有的方式教训她时，她在彼得面前惊讶地立了半晌。过了一阵子，我感觉她在发抖，然后就走开了。彼得的目光在她身后停留片刻，然后满眼凶光扫视一番，看是否有更多的叛乱。那个周末晚上格外地忙，每个人都无从抽空。在她离开时，我也并未留意。

———————————

① 为 Phut-Phut 的音译，Phut 在英语中为"轻微的爆破声"，如此称呼暗指彼得脾气暴躁。

直到又一个星期二我才又见到她，因为我星期天休息，而她星期一休息。她朝我微笑了一下，说自己听人讲我也是学生。这多半是彼得。他时常针对学生寄生虫发表高见，尽管他还从未针对外国学生提过有趣的看法，但一个外国学生寄生虫肯定恶化了他对体面和英国公平游戏的所有认知。不管怎样，当我忙活着清洗油腻的餐具时（那是个安静的夜晚），爱玛就站在旁边和我说话。我发现尽管她的美貌丝毫未减，但她初来乍到时男人粗野的起哄已经平息，只是他们的眼睛依然打量着她的一举一动。也许星期天发生了什么，也许她的举止让男人们觉得可笑。无论如何，她就站在附近，依身靠着柜台，用指甲轻轻地敲着台面。每当这样的时刻，我喜欢把自己所在角落的灯光调暗一点，以便削弱那些耀眼的灯光。"我是大学学院①的，"她说，"在读英语。"

"我在教育学院②读书。"

她尽力去克制，却忍不住笑了。她是那么的漂亮，我不假思索就原谅了她。我告诉她，我正在那儿接受教师培训，免得她觉得我可能忙于什么更为高远的事情，比如攻读研究

---

① 这里指伦敦大学学院（University College London，UCL），最初于1826 年成立时称为伦敦大学（London University），1907 年更名为伦敦大学学院。
② 此处指伦敦教育学院（London Institute of Education），2014 年从独立的教育机构身份并入伦敦大学学院，作为后者的教育学院。

生学位或者从事少数族裔教育需求缺口的项目研究等等。一个智力步兵，我微笑着自嘲。凡事若具有一丝谦卑的色彩，与其带着愤怒、怨言和鄙夷从别人那儿听来，还不如自己一吐为快。她当时读大二，恰好住在温布尔登地铁站附近。周二那晚过得非常愉快，虽说彼得曾两次双手叉腰站在我的面前。法塔-法塔。爱玛被叫去忙些事情，但她回来又站在我旁边，谈起她的学业和朋友以及她住的地方。我没料到她会回来，或者没指望她回来，但她似乎很乐意回来。我尽力淡然以对，和她轻松地聊天，不让机会溜走。

　　显然，彼得最终还是非常不爽，所以他又站到跟前对我说，我可以蹭政府的救济，但我别想蹭他。"我们的国家已经成了个白痴。"他说着，眼中的怒火使他像是要流泪，"成千上万的人都可以走下飞机靠我们养活，但你别想在我的厨房混日子，年轻人！没门。①绝对不行！赶紧干活，小子。"不过，这番尽显诗意的言语也掩盖不了他的绝望。当时，报纸和电视上到处是成排的印度妇女和儿童走下飞机、怀抱玩具和礼物的新闻报道，随处是机场休息室身穿纱丽和戴着包巾人群的画面，各处是面容消瘦、胡须浓密的巴基斯坦青年藏在从鲁昂至达灵顿（或可能是从布洛涅至迪尔）货运车厢被发现的新闻，充斥着伪造护照的传闻，到处是公寓

---

① 此处原文的英语俚语 No way, Jose 意为"没门"，而且因为 Jose 为常用拉美人名，还带有种族主义色彩。

拥挤、犯罪率上升和吸毒过量的报道，四处可见假结婚的丑闻，随处是关于有色人种天生智商低下的谣言，并充斥着我们已知文明终结的预言。因此，我理解彼得的痛苦，并为自己多少导致这种局面而感到抱歉。我本该说些鼓舞人心的话。振作起来，老法塔-法塔，他们其实没看起来那么人多，而且他们带着对你的爱来到这儿。但他看起来有点想训人的架势，尽管他的眼神显出缓和的迹象。

他瞥了爱玛一眼，然后扭头示意让她走开。每次她走进厨房，彼得就用眼神瞪我，激我去挑衅他，我也只好垂下眼睛或将目光从她身上移开。最后，等他不在的时候，她又进来了。我看着她的眼睛，发现她笑出了声。她十点半离开时，道了一声晚安，并朝我挥手告别。

第二天，她多次来到我身边。想到晚些时候能与她见面，我不由开心地笑了。我没料到她会对我这样的人发生兴趣——为何要自找麻烦？我只不过是期待有她相伴，在她跟我说话的时候看着她而已。我到餐馆忙活起来，她第一次步入厨房报上菜名，并微笑着走到我跟前。

"你说什么时候？"她问。

"我晚一点开始，"我说。

"我以为你不会来。"她说完就跑开了。她又回来，走过来跟我说，她今天路过了教育学院，我们改天应该在城里见面一起吃个午饭，彼得就再也无法容忍我了。"你给我滚，"他冲我喊道，"现在就走。"他把爱玛从厨房里赶出去，然后满口污言秽语就冲我而来，话里打的比方竭力唤起我下流堕落、无法控制的欲望。随着他的描述更为详细和明确，我感到自己快要气炸了。不过，我没做任何反驳，只是挂起我的塑料围裙，并吻了他的两个脸蛋，甚至没要报酬就走了。谁想被人在肋间插上一刀？我可见过彼得不到一分钟就把一根黄瓜切成了薄片。

我期望爱玛跟着我跑出来吗？或许如此，不过她当然没这么做。我琢磨着在附近逛到她晚上下班，或者去喝上一杯等十点半再回来。这是一个美好的夜晚，正值秋冬交替，空气中透着一丝凉意，可谓在公园外围散步的理想时节。但等我闲逛的时候，可能会有熟人出现，并发起一场敌意十足的谈话。而且我其实也不想喝酒，只有疯子、劫匪、强奸犯和寻死之人才会晚上在公园晃荡。于是，我走回自己的房间，感觉这是我人生中的一个关键时刻，并哀叹法塔-法塔因其所持的人种生物学看法而决定了人种的悲惨结局。尽管当时我从没想过爱玛可能会走入我的生活，但一切都可能会截然不同，她会过上另一种生活，而我可能正在世界其他混乱不堪的地方从事其他的事情。无论如何，正如你所知，事情并非如此，爱玛确实走入了我的生活。

她改变了一切。早上醒来时，我感到自己聪明又上进，而非另类和沮丧。我发现自己神清气爽：走路时哼着歌，稍动嘴唇就露出灿烂的笑容，在博姿连锁店①试戴各种墨镜。当我觉得自己受到不公或无礼的对待时，我会自信满满地要求对方赔礼道歉，而非心灰意冷地带着躲闪的目光走开。在课堂讨论上我的发言有所增多，态度也愈发温和，见解也更为成熟，而不像先前冷不丁地猛然来上几句，并让每个人都感到困惑和不知所措。研讨课上的老师对我笑容满面，而我顿时也自鸣得意起来。就连我的文章语调也更为自信：比如，我现在非常注重独创和学识，而此前我只会重复辅导课上自己表述的那种鸽派自由党的正统观点。我的辅导课老师转来转去像是个针尖上的天使②，称这种立场有古典主义学派风格，我觉得她的意思是这种立场缺乏包容，不过她给我的文章评分很高。

我无法相信爱玛对我表露的感情，以及她向我投来的赞许。我挣扎着坚持不信，但似乎我也并未搞错。每天晚上（她已经放弃了"艾菊烧烤"），她来到我的房间，我们会做点无名的吃食，然后一起聊天、学习、嬉戏。我们的谈话似乎可以永无休止地继续下去。期间几乎没有停顿，一切都天衣无缝、毫不费力地连为一体。这些夜晚的会面如此频

---

① 博姿连锁店（Boots），英国的连锁商店，销售药品、美容、护肤等其他生活用品。

② 此处"针尖上的天使"（angel on a pin）暗指中世纪经院哲学的问题"针尖上可站多少个天使"，用在这里意指有些"学究"或"轻盈"之意。

繁，以至于爱玛的房东太太——一个对学生房客有诸多行为规定但充满爱心的女人——竟然开始对收取她的晚餐费感到内疚，尽管她仍然继续如此收费。有时，她会在这儿过夜，我们一连几个小时窃窃私语一直聊到深夜，有时甚至直到天亮，仿佛不会再有明天。她拂去了我的尴尬和鲁莽，并让我可以笑对那些最不可能的、最痛苦的事情。这正是爱情，鲁莽的东西。

她带我走进之前我路过时心有顾虑只会侧视的地方：专业二手书店、素食咖啡馆、珠宝店、爵士俱乐部，这些地方我以为会被嘲讽的狂笑逐出，这些地方由于仪式不为人知曾让我心生惧怕。就连我的异族身份在她看来也英雄气十足，首先因为我是历史压迫的受害者，这让我自然而然就博得了同情，其次因为（正如她说）我在面对所有的挑衅时镇定自若，并不为替罪羊式激进主义的诱惑干扰而且头脑清醒。她甚至让我觉得自己内心平静、不受干扰、头脑清醒，而非像我脆弱的时候自我认为的那样虚弱和不安。她把我彻底拉进了她的朋友圈，有时我甚至会忘了自己，我想象自己长得和他们一样，说话也和他们一样，过着和他们一样的生活，而且我过去一直都是这样，夕阳西下之后也会依然毫无阻碍地如此继续下去。也只有在交流深入开展的时刻，这种感觉偶尔才会发生。因为我的异族身份对我们所有人都很重要——就像他们的异族身份对我一样，不过这番话我过了很长时间才对爱玛说出口。这种身份让他们友好拥抱我的时候具有开放的思想，同时也让我对地中海以南、大西洋以东的整个世界具有真正的权威。我的话语，除非完全难以置信，否则将会取代这些地区所有其他人的话语。正是从这些由头开始，我此后才认为有必要杜撰那些条理清晰、结局惨败的故事。鉴于留给我的空间太大，我也只能用杜撰来填补。我不认为恣意扭曲个人经历的行为会取得月光下露台上的陌生人那等的效果。

最初的几个月里，爱玛很少提及她的父母，尽管我知道他们住在布莱克希思，因为遇到有些特殊的家庭活动，她就去和父母住上一段时间。我问起他们，她便搪塞了之。不，她感兴趣的不是他们，而是我的父母、我的朋友、我的国家。当然，我非常乐意讲述那些故事，在反思它们的同时并加以补充。在我的故事中，我发现自己澄清了一个细节，在我对故事进行调整使其不再晦涩难懂的过程中，有时甚至还会多出一个变体让原本看似平庸的东西带上反讽的滋味和一丝恶意。我发现这种重写自己历史的机会令人无法抗拒，一旦开始之后也只会变得愈发容易。我并非在利用爱玛的情感，出于轻蔑和漠视有意对她撒谎、瞒骗。我并非完全明白自己为何开始压抑一些事，篡改另一些事，编造发明到如此程度。或许，这是为了将顺我自己的记录，成全她对我的看法，构建一段历史使之与我的选择而非真实情况更为贴近，紧紧抓住她的这份情感，讲述一个不会让她生厌的故事。后来，她有时会发现我的说辞前后不一，她盯着我注视许久，而我则像个搁浅的生物挣扎着，在自己编造的牢网中拼命扭动。

每当我的声音带有一丝倦意并从爱情失败的故事中找到共鸣时，舅舅哈希姆和我的父亲便从午夜的空中飘然来到我的身边。

我上了几年学以后，舅舅哈希姆在马路另一边又为自己建造了一栋房屋，底层是宽敞的店面，楼上是通风的公寓，石材护栏阳台则眺望着这条马路。旧公寓客厅的一扇窗户对着舅舅哈希姆的新楼房，不过视线还带点角度。人们开始谈论舅舅哈希姆在筹划婚礼，但他之所以决定搬家，不仅出于商业原因，还有其他的原因。他先开了一间电器商店，接着就向另一个商人纳索尔·阿卜杜拉的女儿求婚，舅舅哈希姆对此人心怀敬意与情谊。似乎没过多久，舅舅哈希姆的妻子就一个接一个地生了一个儿子和一个女儿。那时，女人们一边闲逛一边津津乐道她的丈夫最近在床笫上博得的名声。他的妻子竟然唤醒了他这等胃口，人们更是谈笑风生。

我的父母住在那套免租金的旧公寓里。我的父亲是我就读学校的历史老师，这是镇上最大的一所学校。他教的是高年级，七年级和八年级，舅舅哈希姆从旧公寓搬走的时候我在读六年级，所以我尚未接受父亲的教导。就教学工作而言，他是一位严肃的老师，但他也以放纵自己喜欢的学生出名，他们总是那些安静而勤奋的学生。当时，这两种特点似乎总是相伴而行，那些聪明的个头小且安静，那些难管的学生个头大而吵闹。我个子小，而且安静。有传言说，我的父亲将被送到麦克雷雷大学①接受在职培训，这样他就可以被提到高中任教。当时离独立还有三四年，国内大部分高中老师都是欧洲人，主要是英国人，但也有少数来自南半球的殖民地。人们认为，他们拥有必要的专业知识，而且男的女的都需要工作，否则拥有一个帝国又有什么意义？当然，他们的工资由殖民地征税而来。因此，殖民地办公室派遣了大量和蔼可亲（他们自己认为如此）的人员——其中大部分是牛津和剑桥毕业生——前往世界各个角落，用联立方程、莎士比亚和不列颠的罗马人来威慑并帮助当地土著。我的父亲从未去成麦克雷雷大学，但他设法去了高中教书。

舅舅哈希姆搬走之后，我们一家也有所扩张。我们三个人——阿克巴、哈利玛和我——共用舅舅哈希姆住过的房间。让一个女孩和两个哥哥同住确实不太寻常，但哈利玛当时很小只有三岁，并且她始终认为自己是个男孩。我的父亲给自己买了一台晶体管收音机，放到客厅的一张新桌子上

---

① 麦克雷雷大学（Makerere University），位于乌干达首都坎帕拉，是非洲最古老、最负盛名的大学之一。

面。他在那儿摆了一些书，并挂起一幅镶框的麦加清真寺天房①印画。晚上，他一个人独占这间客厅，搜寻感兴趣的短波频道节目，并阅读书籍、批改作业。他会整晚独自坐在那儿，我们都以为他乐意那样待着。如果他因故外出或很晚还在咖啡馆，我们会亵渎这块庄严的空间并收听本地电台，当时晚上的节目会为了满足听众需求，重播当天早些时候连载的故事。

母亲那时和我们坐在一起，尽管晚上她从不坐在客厅里。她洗净晚饭餐具，就做一会儿别的活计——缝补织物，泡好早上要洗的衣服，周日熨烫我们的校服。之后，她会走到露台上，并像往常那样在阴暗中伸展四肢。玫瑰和薰衣草已不见踪影。枯萎病的侵袭加上小孩的出现，早已让它们全部殒命。生锈的煤油桶还在那儿，尽管里面依然装着土，如今已经脱水并板结成块。其中一个桶里栽着一株带刺的苦味芦荟，那还是我的母亲多年前拿一个分枝栽的，后来等到该给我们断奶的时候，她就把芦荟白色的汁液抹到自己的乳头上面。

她总是不慌不忙，说话语气柔和，声音里充满了嘲弄的幽默，双唇紧闭的样子看似像是在克制自己的微笑。在我很小的时候，我喜欢父母内心的平静，喜欢他们处事的沉默，

---

① 天房（kaaba），一座立方体的建筑物，意即"立方体"，位于伊斯兰教圣城麦加的禁寺内。

喜欢他们相互之间如此妥帖的交往。直到后来，我才意识到他们几乎从不说很多的话，而且几乎从不挨着对方就座，他俩刻意回避着对方，以便大家相安无事。

作为公职人员，我的父亲不能公开加入某个政党或成为活动分子。由于当时的政治活动主要是煽动民众赶走殖民当局，因此也不难理解为何政府认为应该采取强硬作风。这倒没有多大的区别。政治是每个人都在从事并谈论的东西：大街上、咖啡馆、在学校、在家里。有些人看到殖民者江河日下，既狂吼乱叫又幸灾乐祸，他们对面无表情开车驶过的欧洲官员恶语相加。这可不是官员们过去习以为常的待遇，前者与我们的欧洲老师面对这突如其来的敌意，也都只好板起面孔选择漠然视之。就连搭乘邮轮的个别旅客下来一日游时也会碰到类似情况，当他们停下问些可笑无知的问题，要么在街上被恶意嘲讽的男孩跟踪，要么遇到脾气乖戾不肯帮忙的当地居民。其他像我父亲那样的人，他们始终会就近提供更为深思熟虑的意见。我的父亲总爱说，你必须具备一种历史感并得看清背后的一切，而不是以为一群喧闹的游行者和咖啡馆的那些空谈家会用枪械、战舰和喷气飞机将军队赶走。他没有在咖啡馆说这样的话，因为在那儿人们只会以喧闹的嘲讽来回应他。当时，阿尔及利亚发生了什么？若不是受压迫者的坚决反抗，那他认为又是什么将压迫者赶走了？

法国人看起来想离开吗？当他从别处听到什么东西而愤怒不已时，他会在家里谨慎地谈论有关历史感的话题。

我们像记录游戏得分那样，跟踪殖民者撤离的步伐：加纳、尼日利亚、索马里、刚果、塞内加尔、马里以及离本土更近的坦噶尼喀和乌干达，在很多地方可怕的灾难都一触即发。街头上，人们就制宪会议细节中的某些特定条款而争论，就新的国旗和国歌而争执，就邮票的设计图案而争吵。英勇的领袖毫无差别地充斥了大众的想象：夸梅·恩克鲁玛、艾哈迈德·塞古·杜尔、帕特里斯·卢蒙巴、乔莫·肯雅塔①。在先前的非洲大陆上，有新的地图需要人们去研究，而新的名称和新的国家又从这块平淡无奇的土地上坚不可摧地浮现出来。

不过，政治同样也让令人震惊的事件浮现于世。我们乐于把自己看作谦良温和的人民。阿拉伯人、非洲人、印度人、科摩罗人，我们毗邻而居，彼此相互争吵，有时也会通婚。文明人，这正是我们。我们乐于被这样描述，我们也这样描述自己。事实上，我们已不再是我们，我们待在各自的

---

① 夸梅·恩克鲁玛（Kwame Nkrumah，1909—1972），加纳国父，泛非主义、非洲统一的倡导者，首任加纳总统；艾哈迈德·塞古·杜尔（Ahmed Sékou Touré，1922—1984），几内亚首任总统，非洲民族运动的先驱，因在非洲统一组织方面发挥决定作用而被人尊称为"非洲国父"；帕特里斯·卢蒙巴（Patrice Lumumba，1925—1961），非洲政治家，在刚果（原扎伊尔）独立后于1960年成为首任总理，在新政权不久被推翻后遇害；乔莫·肯雅塔（Jomo Kenyatta，1894—1978），非洲政治家，在肯尼亚独立后成为首任总统，并被尊称为"肯尼亚国父"。

院子里，封闭在历史的贫民窟中，自我宽恕并且满心都是偏狭、种族主义和怨恨。政治将这一切公之于世。并非是我们不懂关于我们自己、关于奴隶制、关于不平等的那些事情，不懂每个人谈论内地土著的野蛮时所带的那种鄙夷，因为他们过去曾被抓来在我们的岛上干活。我们在殖民化的历史书本中读到过这些东西，但在那儿这些事情看起来十分荒诞，并与我们的生活方式十分遥远，有时它们完全像是放大了的谎言。因此，当我们开始考虑今后的自己，我们说服自己认为遭受虐待的对象并未留意发生在他们身上的事情；或者他们已经原谅了自己并且现在乐意接受一种团结统一和民族主义的论调。为了每个人的利益而缔结一种稳重的妥协，但他们并未如此行事。他们想在不断的声讨中、在复仇的承诺中、在过去的压迫中、在当前的贫困中、在自己黑色皮肤的高贵中备感荣耀。针对反对派的民族主义言论，他们可笑地宣称要重拾自己可鄙的非洲性，他们嘲笑民族主义者最新发现的良知，并向对方承诺在不久的将来就进行清算。所有这一切实施的速度简直让人难以置信。

在那之前，我们仍然要在兰卡斯特宫召开我们自己的宪法会议，为每个弱势群体精心制定保护条款，就我们脱英的可能日期以及不远的将来（当时我们似乎没有耐心）那天的隆重仪式进行谈判。当时，选举暴动依然在发生，调查暴动原因的委员会有待召开，阴谋有待揭发，煽动叛乱的审判有待举行，详尽的移交计划有待制订，而新的国旗和国歌则有待创制，而这两样东西竟然神奇地诞生在伦敦的一间办公室里。

我的父亲秘密地向民族主义党捐款，担心如果公开捐款会丢掉他的工作。父亲的姐姐成了这个党派妇女支部的坚定支持者，她忙着组织活动、发表慷慨演说、解救被捕人员、带头唱诵和呼告，并且正如谣言所说，从各个方面来看她活得非常惬意。其实，这也绝非谣言，正如我自己亲眼所见。一天下午，我的母亲派我去她家带个口信，地址已不是她和丈夫过去在贫民区住的那个单间，而是他俩最近搬到城里安静地段入住的一套公寓。岁月眷顾了他俩。依据当地的习惯，如果有人在家大门便不上锁。所以，我不假思索走进她家的公寓，喊了声"有人吗"通报我要进屋。她应该没有听见我的声音，于是我又喊了一声"有人吗"，便拉开她卧室的门帘。我刚掀起门帘，她一丝不挂地从床上跳了下来，我忽地放下门帘，但速度并没快到让我看不见光着身子躺在床上的当地足球队教练。同时，我发现赤裸的姑妈是多么出其不意的优美，而她的身体是多么凹凸有致的丰满。我在她出来之前就跑开了，我对母亲说她不在家。在将此事告诉爱玛之前，我一直为姑妈保守着秘密。

尽管我的姑妈十分繁忙，她并未忽略我的母亲，在她坚持不懈的鼓励下，我的母亲参加了民族主义党在镇上举行的所有集会，这大体上每周一次。我的母亲加入一群妇女当中，她们会徒步走到反对派最深的据点呐喊，倘若那里恰好是集会地点的话。这通常更多的是为了惹恼和激怒敌手，而不是招募或吸引新人。令人吃惊的是，这竟然没有引发暴力冲突。正如她做其他任何事情那样，我的母亲参加活动始终带着一种从容、隐忍的神色。这虽然无趣，却十分必要。她以一贯淡定的神色聆听那些没完没了的演讲，并在发言人辱骂对手时鼓掌，而这种辱骂大体上就是这样，当有些恶言击中要害时，她还会发出无声但爽朗的笑声。

她每周有两个晚上到党办扫盲班听课，在这两个晚上我和弟弟也被要求在支部办公室开设的课堂志愿担任教师。于是，我的母亲终于有了上学的机会，并由与自己孩子年纪相仿的老师教她写自己的名字。一旦她学会了写自己的名字，尤其当投票显然不以识字为条件时，她的热情就消退了。这倒也正好，因为我马上要上高中，并且感觉自己与党办夜校沾边非常丢人。高中的男生理应认真才是，政治根本不值得关注。

这就是我们当时的情况，离我们经历变故还有一年，离我们自欺欺人的残酷高潮尚有一年。在那一年年底，上演了一场午夜戏剧，一面旗帜降下，另一面旗帜升起，一份卷宗进行移交，一首崭新的国歌奏响——在其他地方的殖民当局相继撤离后，这里高傲地举办了自鸣得意的交接仪式。对即将离开的老师们来说，这只是有点好笑而已，甚至还有那么一丝尴尬。起义前，人们几乎没有时间适应这面国旗，这得需要几个星期才是。那些耸人听闻的事后算账传言突然全部应验：谋杀、驱逐、拘留、强奸，不一而足。一周又一周，不觉几个月，甚至是几年。那些保护他们的条款和防卫协议文件，以及退休金等其他文明体制的保单，正如这里的国歌和国旗一样，转瞬之间就已被人遗忘。相反，广播电台高声发表嘲讽十足、幸灾乐祸的演讲，像个疯狂的恶霸一个接一个地发布详细的禁令：晚上六点实施宵禁，直到另行通知为止；三人以上集会非法，直到另行通知为止；咖啡馆、学校和电影院关闭，直到另行通知为止；所有护照全部无效，所有旅行均属非法，所有土地都归国有。恶棍手持从防暴警署仓库中得来的明晃晃的枪支，在大街上四处游荡并肆意抢劫，他们要求人人都得俯首帖耳，搜捕那些与自己曾经结怨的人，并专门拜访那些骄傲自大的人以便羞辱和虐待他们。我们必须学会适应另一面新的国旗。在这面国旗的中心是一把斧头，它以残暴威胁并恐吓着人们。

我的父亲因担心被解雇而秘密支持民族主义党，但舅舅哈希姆则公开而高调地行事。有时，他甚至会坐在分会场的发言台上，或者在党政人物竞选访问期间出席欢迎代表团。他做这些事情也并无太多热情，但他是当地社区的名流，他有义务参与其中并招人耳目地如此行事。他的出场如今已经被人记住，发动起义后的几天之内，当部长和副部长、党派领袖及其顾问被人逮捕、羞辱并等着判刑以后，接着便轮到了那些次要人物。三名身穿便衣、手持枪支的男子将哈希姆舅舅押到了拘留所，舅舅已经知道他们是谁，所以他们并没有多此一举报上身份。他们对他有点粗暴，但那个时候没什么了不起，只是挨了几个巴掌与一顿斥责而已。很难想象舅舅哈希姆那样严肃的人竟遭如此虐待，然而他的妻子目睹了一切，等我的母亲去舅妈的父亲家里看她时，舅妈含着眼泪讲述了这事。舅舅哈希姆的房屋、里面的摆设和他的电器商店全被没收。这意味着立即执行。第二天，有人搬入楼上的公寓，一辆卡车驶来清空了商店。他要在拘留所待上十八个月。

舅舅哈希姆被捕的同一天，父亲的姐姐来到我们家。我的父亲本想让我去她的公寓看她是否受伤，但我的母亲不许我们任何人出去，甚至是我的父亲也不行。我们的食物足够吃几天，她说，我们得尽可能把门多锁几天。她甚至觉得露台也十分危险，免得有人从路上看到我们会硬闯进来。当姑妈连敲带喊时，我的父亲跑下楼梯去开门。他听出了她的声音。还没等她爬上楼梯，房子里就充满了她的哭号。她坐到楼梯口的地板上，哭得是撕心裂肺，一边号啕，一边流泪。"他们把他们都杀了。"她哭喊着，然后又抽泣起来。

"谁？卡迪加，谁被杀了？"我的父亲跪在她前面，身体颤抖着问道。

"所有人！"她像溺水的人喘息着说道，"所有人！妈……爸……"

一位设法安全进城的邻居给她带去了口信。这名妇女先是从所乘卡车同行的旅客那里听到了传言，随后又从镇上另一个人那里得到了确切的消息，此人说他是从一名杀手那里听到的这个消息。他们在起义的第一个晚上就闯入了房屋。一切都是事先计划好的。他们杀了她的父亲、母亲和两个兄弟，并将他们肢解的尸体扔到了井里。

我的父亲坐在他的姐姐旁边，难以置信地盯着她，他的下唇颤动得实在厉害。我的母亲转向我，又朝我的弟弟和妹妹示意说："回你们的房间里去。"

第四章

第一次带我见她的父母时，爱玛说："别给他们讲那些故事。他们会坦然地信以为真并助长自己的种族偏见。你不知道他是什么样的人，他们就靠这种东西滋养。这会让他们那种可恶的沾沾自喜显得完全正当合理。我并不是说你非得编造点什么东西，但千万别给他们任何弹药。他们从电视上得来的已经够多了。"

"什么弹药？"我故意问道，她则是一脸的诧异。

"我是认真的，"她说，"你不知道他们对这些事情的看法。"

哦！我知道，我本想说，除非他们有什么特殊的地方。然而，她根本没必要担心。威洛比夫人并没有兴趣听我讲任何故事，尽管她可能会屈尊听上几则事关酷刑、饥荒或童婚的逸闻趣事，或者一些涉及毒品、卖淫、非法入境或持械抢劫的当代故事。任何人都会。但她在应对我时，有她自己的方式。她在必要时会客套上几句，似乎全然不理交谈中我说话的分量，而且几乎从不抬眼看我，这并非是说她粗鲁无礼或非常尖酸——她从来没有这样过，我认识她这么多年里也没有这样过。但她很早就悟透了我的心思，只是置之不理而已。在她面前，我时常觉得自己像是第三人的他，好像我本人不在现场，谈话似乎是后来转告给我一样。她对我们之间的亲疏程度自有看法，也不用费太多周折就可维持周全。我钦佩她内心这种宁静的傲慢，为此她表现得像宽容一样，那是一种教养。

威洛比先生只对我的帝国故事感兴趣。这让我不禁纳闷，过去没我为他提供素材，他这么多年都是如何熬过来的，不过或许我误判了他的足智多谋。每次碰面，我都能看到他眼中的渴望，不用多久他就会为我找到开口的机会。爱玛和威洛比夫人对此诧异万分，但这对他全然没有任何触动，或者至少他假装没有。有时，倘若知道他们要上门，我会花好多天时间去构思一个故事，但更多的时候故事都是顺口而来。

在大英帝国治下，我们具有坚实、公平的规则，并由比我们更了解自己的人士统治。即使是在生活最糟的时候，当看似严厉的法令颁布时，我们都知道它们对我们有好处，它们不仅迫使我们迎向文明社会的曙光，而且教导我们要服从理性的政府而非专制的习俗。那些谦逊温和的殖民统治者，他们礼貌而坚定地制止我们的王子炫耀任性的权威。他们带来医学知识和护理技术，帮助我们治病救人，让我们远离迷信和邪祟，并使我们摆脱巫医及其诸多恶魔的枷锁。我们当中脑袋有病的人会被送到精神病院，而非被家人出于羞愧关在屋里。穷困潦倒的人会被从街上带走并安置在营帐里，在那儿他们可以学点有用的营生，或至少可以找到栖身之处。最重要的是，大英帝国无私地为我们带来知识、教育、文明以及欧洲已经学会自我创造的美好东西，而这些东西直到今天我们依然尚未学会自我创造。我们用了几十年就已经打开国门并被拽入文明社会，避免了今后几百年依然要被遗弃在自甘堕落的愚昧无知之中。

在为帝国服务期间，个人的宽宏和牺牲既带有传奇色彩，也十分普通平常，因此我们很幸运是被他们殖民的，而不是被其他阴晴不定、行事冲动的外国人殖民。我们的统治者不遗余力，忙着修建道路、医院、桥梁和监狱。我们有些青年男女在他们家里找到工作，并且学会去爱他们。我们社区中的有些伟人之所以能取得他们如今的成就，正是因为仁慈的官员曾经（毫不作秀或做作地）为他们指明了方向。

威洛比先生听到这些故事，他的眼里闪着光芒，入迷得连嘴巴也合不拢。甚至有时候，当我觉得自己误判了某个细节并以为那份光芒会因怀疑变得黯淡而那张嘴巴也会因此合上时，他却从不表示自己已经注意到了什么东西。"哎！"他最后会说，"为什么他们要抛弃那些穷人？这是个愚蠢的想法。"

"这得怪美国人，"我有时建议道，"正是他们在战后世界有关民主的误导性言论造成了破坏。"有时，我会归咎于别人：温斯顿·丘吉尔、贾迈勒·阿卜杜勒·纳赛尔①、英国劳工党。威洛比先生则会毫不费力地认同任何罪犯。

"所做的一切就是让他们当中的少数坏分子去鼓动思想简单的人民掉头反对之前发生的所有事情。现在，你看一看发生了什么：混乱、饥荒、战争。如果我们要留下来紧握犁杆的话，我们就必须比过去花更多的钱去提供援助。愚蠢的想法。"

起初，爱玛笑出了声——他会相信任何关于神圣大英帝国的事情。接着，她抗议说我做过头了——你在利用他的轻信把他当傻子耍。但后来最近几次，她已经不再留意——我认为这只能说明你的想象力是多么的幼稚。不论如何，威洛比先生和我已经介入到我们的共谋当中，我俩经常都要等到怀疑的耳朵远离之后才开始，不过有时情急之下，这个时刻根本不能耽搁。

毕业之后，爱玛和我住到了一起。她以优异的成绩得了第一名，继续攻读博士学位，专门研究"专注叙事"的符号学。这并不意外，她的老师们也一直如此认为。"这里'专注'是什么意思？"我问。"并非所有的叙事都承载事件，"她说，"它们不全是故事。"她没在冷笑。那个时候，她不太习惯于这样做，但我能听出来她在尽力向我解释时克制住

---

① 贾迈勒·阿卜杜勒·纳赛尔（Gamal Abdel Nasser, 1918—1970），埃及政治家，在 1958—1970 年期间曾担任埃及总统。

了自己。我有三步没跟上，我也说不清到底是因为我笨，还是她讲不明白自己的意思。我自己只得了个中下排名，这让我的老师有点吃惊，但我太过沉迷爱情，一开始根本不怎么在乎。我很高兴在旺兹沃思①的一所综合学校找到了工作。我们在斯特里汉姆②租下一套公寓，花一个周末愉快地买来床单和桌垫，并沉湎于罪恶的生活。教书简直是噩梦，但最初几年是我们共同生活最幸福的时光。早上，我不情愿地离开了她美丽温暖的身体，乘坐公共汽车去学校。我发现自己难以离开她，割舍前还会回到床边两三次。有一次，我到了公共汽车站，竟然又跑回去再一次拥抱她。

初到学校的时候，我作为新人过于着急，根本不去教师办公室喝茶，而是直接去教室备当天的课。考虑到我缺乏经验，学校就让我教一年级，但这份工作还是非常艰难。我也教过别的年级，学生全都吵闹不堪，并一个劲地嘲笑我。教书激发了我身上自己从不知道的暴虐和愤怒。那是一种害怕被人羞辱、被人嘲笑的恐惧。我采用怒视的目光、严厉的声音以及——我不得不承认——偶尔善意的咒骂先发制人，这对于大多数学生都很奏效，让我甚为高兴。我养成一种低声的怪笑，不知怎么把他们全给震慑住了。当他们有什么疑问

---

① 旺兹沃思（Wandsworth），位于英国大伦敦西南居住区，那里商业、教育资源丰富。
② 斯特里汉姆（Streatham），英国伦敦南部的一个地区。

时，我的笑声更让他们茫然不解。他们大概觉得我是个变态，但只要能带来些许快慰，这倒也并不重要。有些学生确实想折磨我，但这些孩子也需要顾及自己的名誉，因此他们并未成功煽动那些更为温顺的学生加入叛乱。不论如何，这不会太久。我知道自己讲述时在尽量美化这段经历，所以你可以想象实情到底会有多糟。直到后来，我才找到安抚那些激进分子的方法，但早些时候我根本不知道如何应对那种一贯的藐视。我知道他们有意想害我。

我尽力迅速离开学校，并且在大多数日子里，我发现爱玛已经在家了。我记不得我俩做事的确切顺序，但我会抽空批改作业，然后我们会做饭、聊天，或去酒吧然后做爱。即便如今，每当我回忆那段时光，内心依然隐约想起那时的满足、亲密和性爱。我们的社会交往并不多，但个别晚上我们会去她的学院出席一些活动——一场舞会、一次对谈，或者只是和她的朋友们喝上一杯。我现在想知道她是否感到无聊，因为她大多时间就待在家里看书，然后晚上又和我一起在家里。

我向她讲起自己如何来到英国。在我完成学业后，新政府已经让所有人屈服，并感觉他们大权牢牢在握，于是便允许人们在有限范围内凭临时旅行许可证前往邻国。证件有效期三个月，如果逾期不返，这就意味着返回时会被逮捕。正如其他任何东西一样，你必须卑躬屈膝地求人办理旅行许可证。我们铤而走险制订的计划深不可测。舅舅哈希姆此时已经从拘留所获释，他虽然更为消瘦，头发愈发花白，却一如既往的干练。我从未听他讲起自己在监狱十八个月经历的任何事情，只是这段时间补偿了他过去因为忙于生意而疏于祷告和诵读经书的机会。若是我的母亲或父亲问他有关这段时间的事情，他会随手一挥说道，别提了。当然，他从没提起过那儿的一日三餐，以及我带到监狱每周换洗的衣服。在很短的时间内，舅舅哈希姆又做起了生意，他设法弄来些短缺的物资，开始试水运营。他买卖牲口、布料和小件五金物品，并且尽量使用外汇进行交易。这一切都属违法行为，但舅舅哈希姆知道该付谁钱才会让人视而不见。他甚至拿回了自己的房子，尽管等到重新开张时，他的商店已经不再拥有昔日的辉煌——如今早没了闪闪发亮的桌扇和高大气派的留声机，而是一袋袋的水泥和成摞的瓷碗。他坐在办公桌后面，看上去仍是个生意人。

正是舅舅哈希姆建议我离开老家，尽管他心里的首选是邻国或海湾地区，在那儿他的人脉可以帮我找到工作并且学会经商。这总比待在这儿等着出问题要好，他说。我们三个人，我的父亲、母亲和我，被叫到他家去讨论这事。我说我想读书，他像往常一样镇定地点了点头，随后却忍不住显出略带嘲讽的微笑。和你的父亲一模一样，他说。

当时，去捷克、东德、中国或古巴留学，奖学金很容易就能拿到，因为新政府高调地加入了社会主义阵营，并接受了数百名技术人员和科技官员兄弟般的援助，来取代他们此前驱逐或自行逃离的人员。东德人和古巴人训练日渐壮大的安全部队，捷克人和更多的东德人在中学教书，而中国人则接管了医院。这些教师、工程师和医生大多不会说斯瓦希里语、英语、阿拉伯语，甚至不会说古吉拉特语，他们要是会说这其中任何一种语言，就会让人明白他们的意思。确实可以好心地说，这为创造诸多乐趣提供了机会，但事实并非如此；如果你需要看扁桃体或者你处于糖尿病昏迷状态，情况就不是这样了。无论如何，当我说我想读书的时候，舅舅哈希姆一定认为我打算得到奖学金去这些社会主义兄弟国家留学，因为他说等我回来时就会成为共产主义者和无神论分子，然后谋杀自己的家人并对真主犯下大罪。共产主义是有害的，他说，总有一天真主会砍掉它的头。

"而且教育并无用处，"我的父亲说，"他们把你训练成游击队员和酒鬼，仅此而已。或者可以的话，他们会让你娶一个丑陋的村妇，一个他们没法帮着找到丈夫的女人。"当时，他在教育部工作，是一名技术官员，虽然他没有直接参与奖学金管理，但他通过传言得知（正如我和别人一样）只有党员干部的子女和那些最想离开的学生才去申请。至少，我们都这么说。

"他想去英国，"我的父亲说，"那是求学圣地。"我的父亲对自己老师的思念尚未消退，尽管他说起殖民主义的罪恶是滔滔不绝。每天晚上，他都收听英国广播公司的英语和斯瓦希里语频道，然后收听开罗电台的斯瓦希里语节目，最后他会调到我们当地电台，收听里面广播的新闻，笑得更前仰后合。对于英国的教育质量他毫不怀疑。"就是美国也没法比。"他说。

舅舅哈希姆平静地点头同意，为此我觉得他很了不起。"这事怎么办？"他脑袋稍微一倾问道，耐心地摆出一副见过世面的神态，意欲聆听一番狂野的言论，然后提出明智的建议。

"我们找到了阿巴斯的地址。"我的母亲声音柔和地说，但目光却盯着她的哥哥。突然，她忍不住露出了微笑。（当我讲到这时，爱玛激动地打断我，你的舅舅阿巴斯住在英国！——但我挥手示意让她住口。你要知道，我告诉她，一则叙事必须有延后。）不管怎样，我的母亲提到阿巴斯之后，便露出一丝胜利的微笑。舅舅哈希姆的脸上生平第一次显出沮丧的表情。"他与起义后逃到英国的那些人一直有联络，那些人说他们有一天会回来解放我们。我们从其中一个亲戚哈比巴·马哈茂德那里得知的地址，此人的侄女嫁给了英国广播公司的记者，你有时在电台上还听到过他。如果阿巴斯同意接纳他，你会帮我们垫付路费吗？"

舅舅哈希姆一时惊讶得说不出话。"这个安排太冒险。"他最后说。显然他想起了阿巴斯，因为他随后转向我又说，"你不认识他，你不知道他是什么样的人。"

"在人们把他关进监狱或枪毙了之前，还不如让他去冒险。"我的母亲说。舅舅哈希姆对这样的情节微微一笑。我无法想象任何人会有兴趣做那样的事，但现在不是吹毛求疵的时候。他们可能会开枪误杀我。在我们当时生活的废墟中，任何事情都有可能发生。

舅舅哈希姆好几天也没允诺，但他并没有闲着。他联系了一位在蒙巴萨商界的朋友，此人不仅欠他的人情，而且是他的生意外联伙伴。这位朋友会办好一本肯尼亚护照让我去蒙巴萨，对于这样一个有能力的人来说，这显然是小事一桩，他还会以最优惠的价格帮我买一张机票，这在他们的行话中意味着存在某种欺诈。我的母亲口授一封给舅舅阿巴斯的信，他要么懒得回复，要么压根没收到。收信地址叫南西尔兹①，这在当时听起来不像是个地名，它显然过于直白而无法实现一个潜逃者到英国避难的浪漫故事，所以我认为它压根就不存在。后来，有一次差点让我的母亲亵渎神明：也许真主确实没有忘记我们，她说。我的父亲在教育部有一位同事，名叫艾哈迈德·侯赛因，他刚获得英国文化教育协会奖学金资助，要去莱斯特大学学习高级管理课程（英国政府正与我们的政府重修友谊的桥梁）。他告诉我们，鉴于我

---

① 南西尔兹（South Shields），英国英格兰北部的工业城市和港口，位于北海沿岸、泰恩河口。

非常年轻，所以一年左右不必付任何学费，如果我的家人能设法寄钱给我，他会在英国帮我一阵子，直到我在那边安顿下来。这是一个极其慷慨的提议，但在当时普遍保守机密和生活困苦的情况下，人们冒着风险互相帮助。我乐于认为这是一种人类关怀的伸张，一种对遗失事物的敬意，这也许更是对抗我们的无能和屈服的唯一方法。但他说我们必须明白，如果以这种方式离开，我将永远无法回国。这听上去很疯狂，但我就是这样来到英国本土：一张到蒙巴萨的旅行许可证，一本伪造的肯尼亚护照，一张英国的旅游签证，然后又在艾哈迈德·侯赛因的大学宿舍秘密住了一年。当时，尽管报纸上充斥着裸体外国人占领本土的疯狂言论，但是移民服务并不像后来那样高效和暴虐。我俩与十二名研究生同住一间大学宿舍，他们都是外国人，没人会背叛我，就连清洁女工也不会。

艾哈迈德·侯赛因只对工作感兴趣，并尽可能地节省他的津贴。（他和舅舅哈希姆达成的某种安排，我从来也没有参与其中，不过我唯一能得到的钱来自他那儿，而且钱也只够买书或一双新鞋。）我们什么地方也不去：我们自己做饭——主要是咖喱和米饭，看一会电视，然后就学习。英国的这幅画面令人困惑。在我就读的技术学院，大多数学生都是亚洲人，而住在这栋房屋的大多数研究生，其中包括艾哈迈德，要么是印度人，要么是巴基斯坦人。每个人都在集市上购物，在清真屠夫那里买肉。尽管吃素和食肉在厨房有着严格的划分，但那儿散发的气味则混有香料和油炒蔬菜的味道。这帮研究生都是男的，他们大多数人都把家人丢在了国内。他们谈起英国是既带嘲讽又有怨恨，但却为他们的老师和导师送上各种引以为傲的荣誉：某某教授兼系主任，文学学士，或某某高级研究员-博士，文学学士，文学硕士，博士学位，双学位工商管理硕士，研究与开发项目。

除了技术学院的老师外，我遇到的唯一的英国人便是公交车上的乘客或电视上的喜剧演员，这些老师看起来并不真实，因为他们对待我们非常温和而且善解人意，可以说一点也不像老师。艾哈迈德允许我们每晚看一段喜剧节目，然后我俩便都上楼去工作。他的制度是如此严厉，我的同学又是勤奋学习的榜样，以至于我们的老师还劝勉我们当中的六个人在一年内都努力获得优秀。这只会激励艾哈迈德更加努力地让我钉坐在地板上，那是我学习的地方，后来也成了我睡觉的地方。如果不是艾哈迈德本人如此沉迷于这些喜剧节目的话，那这些喜剧节目也早没得看了。他还沉迷于给我讲鼓舞人心的话，并且在新的环境下，这些讲话变得更加言辞激烈和志向高远。

"如果你今年学业优秀的话，"他说，"不如明年申请上大学。"那钱和居留证呢？我的旅游签证已过期六周，肯定会有人过问此事。根本没办法阻止他。他弄来了助学金表格和信息手册，并对以下令人不安的消息也毫不气馁，比如说，不是本土学生的话，你需要工作三年才可获得助学金。"某些情况下，教育局也可以发放部分自行支配的助学金名额，"他拿着手册向我宣读，"你怎么回事？咋一点志气都没有？"

他对修读教育和自己的职业充满热情，而且他认为这样我才更有可能录取，于是艾哈迈德说服我申请攻读教育学位。这一切发生得太不可思议，无论我选择了教育还是天文当作自己的修读专业，于是我便遵照他说的行事。我申请了自行支配助学金，并得到了面试机会。然后，不可思议的事情发生了。哦，是的！确实如此。面试小组的主席在起义之前曾是桑给巴尔的一名教育官员。等我一进屋，他就告诉我这件事，并从椅子上站起来，带着哀悼的神情与我握手。小组其他成员还有两位头发花白的妇女——其中一名是地方议员，另一名在教育办公室工作——以及一个留着胡茬、身形很小的男人，此人在整个面试过程中一言未发，他的眼睛却紧盯我说的每一句话。后来，我会在威洛比先生身上看到这种黏着的表情。他们主要让我谈一下起义的恐怖情景及其后果。我尽自己全力让每种暴行听来都可恶至极——我也不必过于努力。这位主席不仅尽力怂恿我，还自己添了一两则轶事。几天以后，我收到一封信，通知我获得了一笔自行支配助学金。"你看这是英国，"艾哈迈德告诉我，"什么事情都可能发生，现在去办居住证。"

当然，我也拿到了居住证。带着我的助学金信件、大学申请材料、所在中学的表扬评语、一封太平绅士的信件（此人与宿舍同住的一位研究生是亲戚）以及另一封当地普科大夫的信件（艾哈迈德的想法），我们便去伦敦内政部参加面试。艾哈迈德也一道进去，并且谨慎地坚持由他陪同。毕竟他是我的监护人，他说。我们的计划是在面试的前几分钟我保持冷静，然后在尽力保持体面的情况下，我应该当场放声痛哭流涕，随后艾哈迈德会代我说话。面试我们的男人三十多岁，他戴着一副黑框眼镜，这使他看起来像没有换上超人服的克拉克·肯特①。我对这次面试很有信心，而且最终也确实如此。我不认为是自己的眼泪或者艾哈迈德夸我勤奋和优秀起了作用，而是这位克拉克·肯特与生俱来的正义感。这里，我感到自由自在。

虽然他看似不可能这么行事，艾哈迈德还是进一步加强了对我的监管。他竟然忽略自己的工作，和我坐着一起复习功课。他没完没了地给我建议和教导，并且援用真主、我的父母和锦绣前程来激励我。我本来毫无机会，最终却顺利通过了。艾哈迈德的课程要到九月才结束，所以在去教育学院报到之前，我可以在他的宿舍楼住到最后一分钟（我那时在

① 克拉克·肯特（Clark Kent），美国漫画中英雄人物"超人"来到地球后养父母给他起的名字，他原本来自氪星，原名为卡尔-艾尔（Kal-El）。

其中一位研究生的亲戚经营的洗衣房工作）。从那时起，我才开始明白艾哈迈德是如何地尽力保护我，而英格兰又是多么地可怕。我大概当时也知道自己本来可以选择比教育更有趣的专业。然而，这一切都不大可能——获得助学金、如此步入大学、我踏上的道路——我明白如若没有艾哈迈德在身边，我也不会如此关心学业优秀与否。我向他证明了自己的能力，而他的喜悦和表扬让我乐观了好一阵子。在搬到伦敦并入住大学宿管人员在图廷分给我的狭小房间之前（在我告诉她能付多少房租之后），我昂首阔步地来到曾经与我同住的那群一脸羡慕的学生面前，他们待我像对自己的弟弟那样满是纵容和夸奖。但从那里搬走以后，我顿时感到一种强烈的遗弃感，仿佛一个人在人群中哭泣。当我意识到自己困在这个充满敌意的地方有多深时，突如其来的那种孤独和恐惧让我震惊不已，我不知道如何与人们交谈并争取他们的认同，银行、食堂、超市、黑暗的街道显得那么可怖，我更无法回到原来的地方，我当时就想自己已经失去了一切。接着，爱玛来到我的身边，充实了我的生活。对此，我无语言表。

因此，获得中下等级并未让我过多烦心，尽管后来我确实认为自己本该更加努力以掌握自己的人生，而不是让一切事情都消融在诱惑人心的情绪里面以及绝望等待毫无期许的可能之中。后来，我成了教师。我没有实现自己的抱负。

这是一个好听的故事，其中大部分都是真事。这让我听起来既有点英雄气概，又有点软弱无能。一种绝妙的平衡。

　　在她博士第二年结束时，大约在八月份爱玛怀上了阿美莉亚。人们对避孕药最初的欣然接受在那时已被引发各种癌症（我想是乳腺癌和宫颈癌）的悲观预言以及年老以后名头不详的损伤所取代。爱玛采用全新的策略，也不再服用避孕药，说她比任何人都更了解自己的身体，并知道如何预防怀孕。但在喝了太多的苹果酒或者那时我们可以买得起的酒水之后，结果却是阿美莉亚的出生和最初甜蜜世界的结束，尽管我们当时并不知道这个结果。我现在还在二度等待甜蜜世界的来临。事实上，在经历最初的震惊和无法按时完结论文的痛苦（看似毫无希望）之后，我们开始对怀孕倒是起了劲，琢磨着孩子的名字，重新布置屋里的家具，并且豪言要在育儿上全力合作。关于我们的各种计划，之前简直是闻所未闻。在我们的有生之年，我们将隐瞒所有关于杂种的污秽神话元素，指出人们将残暴强加给混血（我们的孩子）形象。为了孩子的缘故，我甚至建议我俩应当结婚，但爱玛却对我的资产阶级焦虑付之一笑。

　　阿美莉亚让威洛比夫人隆重地走入我们的生活。我们确实需要帮助，也没法独立抚养。正如我早已暗示的那样，这个婴儿是个不爱睡觉、喜欢吵闹的小家伙，她进食和排泄的能力很强大，找来的所有育儿建议都不起作用或者似乎不太可行。置之不理，毫无可能。我们彼此安慰，但爱玛开始觉得自己不太称职并倍感痛苦，她觉得自己不是个好母亲，不是个好学生，不是个好女人。于是，我们制订了另一个计划。爱玛没再得到奖学金，不过她会办理延期手续，并用一年来撰写论文。不管怎样，大多数人都会这么做，只是她们不会在博士第三年生个孩子。

　　得知爱玛怀孕的消息，威洛比太太惊恐万分。我当时在场，并被要求在场。她听完爱玛的解释，足足沉默地坐了一分钟，然后带着憎恨的神情转向我。我认为自己理应遭受这种神情，虽然并非是我停吃了避孕药。说句老实话，我根本不担心她吃不吃避孕药。我是如此地爱她，我无法想象会出什么差错，也没想到我们会遇到什么不测。然而，我认为自己从那副神情中明白了一些其他的事情：这不仅与爱玛的博士学位或她和我道德败坏的生活有关，如今她将不得不在污染中度过余生。她不可能再成为一个普通的英国女人，在英国人当中过着简单的英国生活。我认为就连威洛比先生也受到了此事悲剧色彩的影响，尽管在爱玛讲述的过程中，他大多时候都面带笑容。但等爱玛和威洛比夫人退到厨房激烈争吵一番之后（我俩去布莱克希思宣布了这个消息），他的眼里既没有了热切的光芒，也没有了对我们往常话题的渴望。在当前这种情况下，沉湎于这种渴望甚至会让人觉得有些猥琐。他坐在那里，两眼无神地看着我，目光中尽是怜悯和失望。我可以体会到一场悲剧正在激荡：随着受到污染的血液一代又一代地流淌，混血后代（意思是欧洲人和某类黑人结合）定会出现异常和堕落，而疯癫、先天骨骼软弱、同性恋、怯懦和背叛终将浮出水面。不过，我认为这次还是不掺和为好。晚些时候，他定会来找我。

"你要叫他什么名字？"他最后问道。他的语调没了往常那种干脆的自负，几乎透着不安的软弱。在他看来，生活有时给人的打击会相当不公。

我想到"沙卡·祖鲁"、"迈赫迪"或者"矛矛"。莫非这正是他所害怕的？抑或他只是在旁敲侧击，而其实他真正想让我说，我们要给婴儿取名为"戈登将军"或"库克上尉"？

"她会是个女孩，"我说，"我们想叫她波卡洪塔斯。"

"哦！"他说，然后请我到他家宽敞的花园里散步。我们走到外面的时候，他盯着划过天际的一群鸟站立了片刻。"它们飞错了方向，"他说，"它们在往南飞。在那儿能找到什么？"

这种争执和沮丧当然不会持久，并且早在阿美莉亚出生之前，我们已经从他们那里得到了几样必需品。当爱玛再次尝试完结她的论文时，威洛比夫人但凡白天有空就主动过来照看阿美莉亚，而其他时候爱玛在去大学的路上会把女儿丢在布莱克希思。每周有好几天，我回到家就会发现威洛比太太在忙活，公寓被打扫得干净整洁并且微妙地发生着变化，这可能是她添置了一件新的饰物，或是扔掉我们曾经用作花盆的一个废旧铁桶，而如今已被更体面也更昂贵的花盆取代。她给我们买来一些我们通常想不到去买或者我们买不起的零食：蛋白脆酥饼、丹麦饼干、两斤葡萄（我猜产于南非）或是一块点缀过度的蛋糕，而她和爱玛为此会欣喜一番。更多的情况下，当我到家时晚饭已经正在做着，或者只等着放进烤箱加热，而阿美莉亚则像一条春末的蛞蝓心满意足地在地板上四处乱爬。有时，爱玛也会在家全力照看婴儿，或者忙于屋里的布置。我试着参与这事当中，确实非常用心地投入其中，显得不受威洛比夫人傲慢的姿态影响，说服自己的内心已被女儿可爱的动作融化，并随她们一起开怀大笑，但在我的笑容和欢声底下隐藏着自己的生活灾难带来的苦涩，我猜自己的内心不仅没有融化，而且也没有真心投入其中。言及至此，我不觉有些羞愧难当。

　　并非我不疼爱阿美莉亚，或者我不喜欢和她在一起，或者我厌恶尽职尽责地照顾她，而是因为她初来乍到便抢走了我的爱情，并让威洛比夫人来关注并威胁我的人生。爱玛的论文进展不顺，她没法集中精力，既不相信它有任何价值，也没法想象自己可以完结此事，并且这一切的意义又是什么？她的导师是个混蛋，学校离家又那么远，由于阿美莉亚她也无法在家工作，她更受够了缺钱的日子，受够了这么早起床，为啥我不能晚上多起几次？因为我也很累，而她看我没动只能起床。我的工作和从前一样痛苦：学生无休无止的恶意让人沮丧，批改作业近似无情，在学校教书的想法，甚至学校本身看似都毫无意义。因此，自从我们相识以来，我俩第一次拔高了嗓门，有时晚上我俩躺在床上压低声音拌嘴，以免吵醒和我们睡在同一个房间的阿美莉亚。

一天下午，爱玛奢侈地花费了一把。从大学回家的路上，她走到托特纳姆法院路买了一台宾得相机。这真是个应付缺钱的进取方式，但当我告诉爱玛这句话，她说我不是唯一为钱发愁的人，不过也许我该少愁一点。听着她谈论我，有时我觉得自己的人生就是一场戏，我在无力掌控的事件中扮演自己的角色，这些事件依照既定模式发展，我却眼力不够所以无法理解。没错，我为钱发愁，为不断冒出来的账单发愁，爱玛会把账单扔到一边说，让他们等着，我们以后会付。我觉得人人在为钱发愁。我们只能靠我那点可怜的薪水度日，阿美莉亚需要的东西多得简直让我惊讶，而且它们的开销似乎又在不断增加。于是，我沮丧地看着展示在我面前的这件昂贵物件。当然，这事要远早于三杯朗姆酒的日子，但一周之内总会有理由喝一瓶红酒，而那台相机则意味着一连几周迫在眉睫的干渴。

"我们必须给阿美莉亚拍些照片，否则我们会忘记她现在的模样。"爱玛说，"记录她人生的各个阶段很有意思，这样她长大以后我们就可以一起开怀大笑。我上学之前没留下任何照片，我希望要是有就好了，这样我就可以看到我过去的模样……你知道？而且无论如何，你的父母一定想看她的照片，不是吗？难道你认为他们不想看？你告诉他们之后，他们回信了吗？"

我摇了摇头。她扫兴地哼了一声。你竟然抱怨我的父母忌恨你是孩子的父亲。这话她没说出口，她并非始终不言，但我猜她当时就那么想。她等我说点什么自我辩解的话，看我什么也不说，她又走到那台新相机前，不易察觉地叹了一口气。我记得在这样的伤心时刻我们没做任何事来缓和气氛，及至后来它们愈发溃烂又变得恶毒不堪。这是我伤心的一个时刻。

因为事实是我并未写过关于阿美莉亚的家信，另一个事实是我也没有写过关于爱玛的家信。对于老家而言，爱玛和阿美莉亚都不存在。就这样持续了好几年。我不知道该如何告诉爱玛这一点——我至今仍不知道。我通常只给我的母亲写信，但她不识字只会写自己的名字。当她收到我的信时，她必须找人读给她听，然后再写一封回信，有的孩子会为一先令做很多事情。这些年来，我们之间的交流变成了一种罕见的仪式：每隔几个月，她会给我寄来几句关于每个人的健康、问候和良好祝愿的话语，几个月后我会寄回一些话语。最近天气很冷，我的工作很好，最近我搬到一个叫巴特西的地方。无论如何，我不知道怎样写信告诉她，我和一个没有结婚的英国女人住在一起。在我出生的世界里，这样的事情从未被人谈论过。对我母亲来说，爱玛是个名声不好的女人，一个情妇，这些事情如果无法回避，最好还是谨慎处理。无从在一封信里宣布此事，信可能由某个爱倒闲话的孩子大声读给她听。我想过撒谎，想过写信说我娶了个英国女人，但我从来没有这样做，既害怕突如其来的浩劫，也害怕随之而来一连串的指责。现在我们失去了你，她已从我们身边把你抢走，诸如此类。真主、家园、文化、历史全会卷入其中，轰然消失，一无所剩。好像我还没有迷失、被人偷盗、遇上海难并面目全非；好像家园和归属只不过是任意虚构的故事，它们（当时）绝无再次真实的可能；好像它们只不过是让人衰弱的故事，会把一切都重现为让人无能为力并让人弃甲的时刻。

所以我什么也没说。如果爱玛问我的父母对我们的关系会有什么反应，我会挖空心思尽力安慰她。面对更为复杂的问题，我会闪烁其词或者随便应付了之。过了一段时间，她大概对发问失去了兴趣，也很少把他们纳入自己关心的范围当中，最后她忘记了他们，除了当作故事人物以外。我发觉随着时间的流逝，随着我们的生活变得更为充实，已经愈发难以想象他们过着和我们一样真实的生活。不管怎样，我从来没有向他们说起过她，我沉默的时间越长，也就越难告诉爱玛。

找医生看过心脏之后，那天我等着爱玛回家，我知道她一进门，我就会告诉她。我总是什么都告诉她，像个白痴一样脱口而出。通常我第一个回家，等她从大学到家的时候，我已经开始做饭。（不，她没继续写论文，而是在那里教书。）那天，她回家比平常要早。

"我和一个出版商吃过午饭后就没有回学校。"她说。看上去她好像享用了一顿丰盛的午餐，她两眼闪闪发亮，脸颊略微泛红。我内心感到一阵妒忌，竭力将它克制，但一股浓烈的醋意四处涌动，我知道自己无法将它平息。"阿美莉亚回家没？"

"还没，所以屋里只有我俩。"我说着向她挤了个眼。她不屑地哼了一声，笑容中带着友好的轻蔑，抑或略微的鄙夷，具体是什么我现在早已忘记，然后她去冲澡并更换衣服。当她进门时，气息里带着美食轻微恶心的味道，她眼中闪现着光芒，根本无法和她交谈。

"今天早上我去看了医生。"她回来时我告诉她，然后我短暂停顿一下，让气氛有点紧张的味道，"他说我的心脏有问题。"

她一动不动站着，等了片刻。"有问题，什么意思？"

"医生就这么说。也许我们该查一下医学词典。我觉得他是想说，我的心脏有严重的缺陷。"

"但他没说问题在哪吗？"她问道，显得心烦意乱。这很好。

"他告诉我别担心，因为非裔加勒比人的心脏都不行，所以我的情况完全在意料之中。"我说着，内心等着她为我那帮遭到污蔑的兄弟辩护一番。这是我通常可以从爱玛那里得到的东西，而且有时她的恼怒痛骂也非常有趣。然而，她当时没这个心情。

"什么？但你不是非裔加勒比人。他说过问题在哪儿吗？"

"在他们确诊之前，还要更多的检测。期间，禁止喝酒抽烟。"

"我想不会。"她说道，几乎一脸震惊，"但他没说到底怎么回事吗？"

"是的。"我说道，感觉自己在官员和权威面前，在生活面前表现出的软弱再次让她失望，"他就说心脏有问题。"

"别再说了。那医生没用，你也是。我敢说你根本没让他解释问题出在哪儿。你最好去看下别的医生。"

"我会等专家的结论。"我说。

她随口说了些话，接着稍一耸肩便又住口。这是你的生活。也许我不该把朗姆酒的事告诉她。"以后你必须小心才是，"她说，"至少在我们弄清之前。"

"不管怎样。"我在她兴趣过浓并开始列出一份如今我无从享受的人生乐趣清单之前说道，"我还收到了一封家信。"

我说那句话的时候，她的眼睛焕发出全新的专注。这种情况确实少见，足以让人面带警觉，但我母亲的来信总是让她困扰，仿佛她期待信中包含责难和要求，仿佛她即将遭受不公的困扰，仿佛这让她想起过去什么丢人的事情。我在猜测属于哪一种，因为每当我问起时，她总是会说："废话，我为你担心。她的来信似乎总让你不安。"我看到她用沉着的眼神注视着我，那是一种我非常熟悉的眼神，似乎她从这条新信息中看到的危险要多于我那可怜的有问题的心脏。所以我面带微笑，开始用自己希望的一种和蔼友好的声音说话，但等我一张口就可以听到自己身为老师的那种口吻：提供信息、试图说服、掩盖实情。我坚持下去。我是教师，我就是这样的人。我没有实现自己的抱负。

"我告诉过你，那边政府发生了更迭——好吧，个别高层人物也发生更迭，"我说，"新总统、新副总统、新总理、新副总理、驻联合国新大使、新礼仪司长等人，但他们下面的老派势力搞砸了一切并且威胁每个人。新的政府竭力放宽限制，废除前任政府制定的那些过于恶毒的法令。他们在群众对前任总统的唾弃声中上台执政，这位前总统曾经愚蠢或者虚荣地向心怀怨言的公民开放广播，并且许诺大家不用担心报复。于是，信件像潮水一样涌入电台，播音员高兴地朗读每一封信。信中言辞如此严厉和恼怒，以至于总统开始担心自己在那帮快乐骑士中的权威，并且定然怀疑其中有人会利用这次机会把他监禁起来或者下场更糟，他会被人用丁香木火烤熟，然后作为国宴上的主菜端上来。无论如何，他乘坐私人飞机逃到了邻国，在那里发表了关于自己的人民忘恩负义的演讲。新政府乘着这波群众胜利的浪潮上台执政，他们开始明智地扭转或者缓和前届政府最招人诟病的事情。他们发表了义正词严的言论，清空了那儿的监狱，此外他们还宣布赦免多年以来非法离境的国民。如果这是真的，那么我就可以随时……回国。"

说到这里的时候，我还鞠了个躬，邀请她领悟这句话的意义。

"太好了。"她说道，眼光闪闪。起初，我认为她眼中的光芒是觉得我能回国而替我高兴，但后来我想象自己从中看到了一丝焦虑。莫非她认为我在暗示自己想回去在那儿生活？在这么多年以后？在经过所有的变故、所有的沉默以后？

"是去探亲。"我笑着对她说，"马上就动身。只是探亲，就去几周。"

"你当然得去。"她全神贯注地说，"这太好了！你会见到自己的家人，而他们也会看到你。一晃快二十年了。老天！今天你可是惊喜不断。"

"太好与否我不确定。这个念头让我心里全是各种各样的恐惧。一切都将有所不同，我不知道他们会怎么看我。今天早上想到这事，我赶紧跑去马桶坐了好几分钟。但我必须去——我想马上动身。我的母亲说她最近身体很不好。那儿药品短缺，她的糖尿病越来越严重。我根本不知道她有糖尿病。她现在眼睛有问题——我不知道怎么回事，可能眼睛有了毛病。"

"是的，你必须马上动身。"爱玛说着，全然不理我的玩笑，"如果你们能见面，但你却没回去……那会让人伤心。我们负担得起，不是吗？你必须回去，阿美莉亚和我在这儿会很好。"

"也许这只是一种情感宣泄，"我说，"过了这么久。感觉这种依恋是出于一种习惯。"

"别傻了。"她说道，语气中尽显恼怒，"我已经见过你多少次坐在这里哭着谈论她？"

我没有告诉爱玛书信的其余内容。这么多年你独自生活在那个国家，像个食尸鬼住在一所破败的屋子里，我妈在信里宣称道。你会说事情不是这样，你的生活不是这样。但当我想到你的时候，我看到你就是这副模样。这让我非常痛苦，我没法告诉你。我希望你现在能来看我们，我希望你在回到那个国家之前结婚，如果你想回去的话。我知道你已经是个成年人，你可能会认为这不关我的事，但这会让我们所有人为之快乐，你在生活中也会有一个伴，而且真主显灵的话，你也会有自己的家庭。我已经和你知道的一户好人家谈过此事，这家人姓希拉利斯，过去住在姆纳齐尼，而且人家也愿意。

一个成年人，我已经四十二岁。你可以想象如果爱玛知道这一切，她又会怎么想。我的母亲正在谋划破坏我们的生活，并要为我安排一桩婚事，而那位不幸的少女在这事上别无选择，她得和一个除心脏不好之外还有其他问题的老东西一起生活。我为啥不能直接告诉他们，我不想和任何人结婚？我到底是怎么了？为啥我这么没骨气？我才不在乎她是否快要去世。什么样笨拙、无情的爱能让她做出那样的行为？你最好马上给她写信，告诉她滚远一点，否则我自己写。她怎敢这样！

最好啥也别说，否则这意味着……哦，不得不说更多的话，不得不打开臭气熏天的坟墓，里面充斥着扭曲的谎言和陈年的故事。这已不是我的母亲第一次提及婚事，也不是她第一次把我在英国的状况描述成一个食尸鬼，隐匿在破败的屋子里以死尸为食（这一定是她童年畏惧的一个噩梦），但她之前从来没有暗示过什么人、一个人、一个女人，更不用说找到人家并接近她的父母，而且可能谈妥嫁妆，在计划婚庆活动并在琢磨她要送给新娘作为结婚礼物的首饰。当然，她不知道爱玛的事，但这似乎是主动出击的一招。不用多说，我不想与此有任何瓜葛。问题只有一个，我该做出决定，如何妥善应对此事。我可以马上给她写信，告诉她作罢此事，但她为何要听我？这是她对我最低的期望。她已经和希拉利斯一家谈过了，她现在是要跑去他们那里因为某个例行公事的抗议而提出退婚羞辱对方，还是她认为最好坐着等我回家再做打算？此外，我也可以一言不发，然后在我抵达时毫不含糊地告诉她这绝不可能——我猜自己掌握的唯一毫不含糊的筹码是爱玛和阿美莉亚。我必须告诉她这件事，我想。

阿美莉亚的回答令我惊讶。那时，她是个十七岁的丫头，轻率冒失、心不在焉，当然她也并非一直都如此。即便她与威洛比夫人共同生活那么多时日，她还是出落成了美女。十个月大的时候，她就能走路、说话，并且随意就能迷住周围的大人。随着年龄稍长几岁，她以一种随意的宽容来应对遇到的大多事情，而我们全然无法预测这种宽容何时会变为愤怒。也许，有威洛比夫人在身边对她有利，毕竟她遗传了老人家某些保持平静的能力，而非隐藏在表面下的那种阴险刻薄。阿美莉亚一切都好，只要不留下她一个人独自玩耍，或在公寓里还亮着灯时要求她上床睡觉。她有一些特殊的饮食偏好（例如，酷爱果酱蘸炸鱼条，却对牛肉的味道厌恶至极，不管伪装得有多么巧妙），但她喜欢津津有味地唱童谣，拿蜡笔和纸能画上几个小时，向周围的大人高兴地诉说她生活的乐趣。她的学习很好，身体也很好——除经常撒尿之外。等到了十岁，她已读过我们家书架上的几十本书。其中有些她儿时用蜡笔画过，好像是涂了标记专供以后识别似的。老师们为她在学业、音乐和交友方面的才能欣喜不已。此外，她在情感上也颇具天分，对此那些老师则无从可知。我们提醒自己，这是她自己的事，而且与我们无关，但我们依然引以为傲。我怀疑自己在无休止地炫耀她的奖项，也早让我的同事厌烦不已，我知道曾向自己教过的那群野孩子谈起过她，因为有时他们会向我索要她的活动进度报告，这是我之前提到过的。

我依然记得我们在湖区①的一次度假，那是我们仨生活中的一段美好时光。它倒没什么特别之处，只有欢声笑语和简单便饭，品读湖畔派诗人直至深夜，对没有水仙感到失望（当时是八月），在当地无边无际美丽的湖边散步。我依然留有当时的照片，并知道我无法想象它们展现的那种不太可能的满足。

后来，我觉得她长大了。她和自己的母亲谈了一些她认为我无力帮助的事情。虽然可以预见，却是异常痛苦。她想行事别于常规，但那些方式在我看来很怪。等我对她说起这事，我觉得我们之间疏远了。我许久之后才意识到，她不想再被当作一个可爱的孩子来对待，而过去她会热心地聆听我明智的看法和建议，然后相应地改变她的计划。所以当她第一次向我怒吼时，我竟哭了起来。我记得她当时的痛苦，但

① 湖区（Lake District），此处指英国西北部的昆布兰湖区，18世纪末英国浪漫主义几位湖畔派诗人华兹华斯、柯勒律治和骚塞等人曾在此居住。

也许我俩都不知道如何阻止这种疏远。也许，这更多是我的错，而非她的错，因为我许久才学会留给她一些空间，并大度而深情地退居二线。这种疏远变成习惯，小心翼翼的片刻温情之后，它立马变成伤人不浅的警觉。或许我在夸大其词，因为当我想起此事，便无法克制内心的失望。我猜那时我学会了任她自便的道理，除非在我坦然认输她还刻意挑衅时，我才决不会善罢甘休。是的，我知道这一切都可预料，但有一段时间似乎又不是那样。

不管怎样，当她进屋时，我还坐在椅子上（渴望着一杯朗姆酒），而爱玛正在厨房做饭。我告诉她不用忙活——我可以为阿美莉亚和我自己做个煎蛋。爱玛说自己太饱不想吃。她坚持要给我们做饭，说我身体虚弱需要休息，她会根据情况做点东西。我希望她能做个馅饼，她做这个很拿手。阿美莉亚穿着磨边衣服晃荡，脸上的艳妆抹掉了一大半，大概一两个小时前她还在私会。她在客厅门口站住，朝我嘲讽地笑了一下，那是她惯常的问候方式。然后，她丢下沾满污泥的背包，这个书包里面装着堕落青年生活的日常装备，随后她在地板上拖着背包，朝自己的房间走去。

"嘿，光头！"我叫道，"跟你说句话。"我之所以叫她光头，是因为最近她剃了个平头，而且她比较喜欢这个名字。这让她感觉很酷并和街头文化达成了关联。她走了回来，靠在门上。"如果你不太忙的话。"

"什么事？"她长叹一声问道。

我朝她微笑，她则眉毛一扬，疑惑中显出嘲讽的神色。"过来坐下说话，这得几分钟。"我说。

我告诉她问诊的情况，她惊讶得一言不发，满眼恐惧和怜悯地盯着我。然后她说了句"对不起"，好像我刚去世一样。"或许专家随后会发现，"她又说，"这一切都是个错误。"这有点出乎我的意料，我很感激这番话带给我的短暂安慰。然后，我告诉她家信的事情，她露出愉快而兴奋的笑容。

"哦！你可以探亲一趟。"她说着站起来走到我跟前。我本以为她会给我一个拥抱，一个吻或什么东西。但这对她来说，太不合时宜了。从十五岁起，她就不这么做了。果不其然，她克制住自己，站在离我几步之外的地方。"这真是个好消息。经过这么多年……你离开老家这么久，谈论家乡这么多，你总算可以回家了。你什么时候走？爱玛和你一起去吗？你告诉她了吗？"

说完之后，她跑过去找她的母亲，我可以听到她在讲述这个绝妙消息时兴奋的语调。等再回来时，她问道："我能和你一起去吗？"

我摇一摇头。

"为啥不行？"她说，"那也是我的国家。"她显得如此严肃而热情，我也不敢笑出声。"你在笑什么？若那是你的国家，自然也是我的。"

"离家这么久，这次我最好一个人去，"我说，"让我先看一下情况咋样。"

随后的日子里，我忙着为旅行准备了几周，爱玛帮我处理具体的细节、购买回国的礼物、提供劝慰和建议、听我揣测可能的恐怖和羞辱，而阿美莉亚则给我的旅行赋予一种浪漫和冒险的味道。她的兴奋和无私的喜悦令我惊讶不已。对于女儿的荒唐行为，爱玛只是微笑地看着，既没说什么去打消她的幻想，也没提及在经历多年的混乱和恶意统治后，我有望在那儿目睹的贫瘠和匮乏。

威洛比夫人听到这个消息时微笑满面。"这对你妈来说太好了。"她说。她不感兴趣，也不在乎。如果她怀疑我可能不会回来，或许她会更为兴奋，但如今她已经清楚地知道，我没有能力干出那样决断的事情。威洛比先生一开始无法接受。他已经失聪，身体大不如前。只有他的眼睛还骨碌碌地转着，目光中射出昔日的那份渴望。当他最终明白我要回到失落的帝国时，对于我这次注定徒劳的使命，他伤心地摇了摇头。"太晚了。"他说。

每当阿美莉亚发现我面带沉思（也就是说，默默地惊慌失措）时，她就会说："嘿！你在想什么？记着这次旅行。你为啥不琢磨回国的事？这会让你高兴起来。现在那儿是什么季节？真的很闷热吗？希望我也能去。"

"下次吧！"

第二部分

"你已经变得粗鄙，像一只觅食的野狗。"

法里德·丁·阿塔尔①，《百鸟朝凤》(1177)

① 法里德·丁·阿塔尔（Farid un-din Attar，1145—1230），生于波斯
内沙布尔，伊斯兰教苏菲派诗人和思想家，此处引述的叙事长诗
《百鸟朝凤》（*The Conference of the Birds*）讲述了人性存在的各种
劣性，说明只有通过刻苦修炼才能够寻找到真理。

第一章

在经历一番疯狂的准备并设想了各种恐惧之后，我带着沉闷压抑和无可奈何的平静坐在候机室里，等待着这场即将开始的旅行。这就好像受刑前的那一刻。现在只有等死了。此外，还有许多其他烦心的事情。自从我第一次到英国以后，我并未去过太多的地方旅行： 在法国度假待过一周，又去过西班牙一周；两次出游，自己都跟着一大群人，温顺地挤在一起，朝同一个方向行进。我处于一种乐于分析的状态，候机室里的一切都让我饶有兴趣。里面似乎有很多印度和非洲旅客，但这可能只是目的地巧合而已： 大部分夜间航班似乎都要飞往黑暗的地方。

一位头发浓密而且前额留着茶壶盖的男人来到我旁边坐下。他穿着一套当下青年时兴的条纹西装，有点外交人员的模样，但他的身上却有一种市侩的蛮横，从而凸显出他的举止与着装的不合时宜，而他的身体穿着那套服装看起来犹如人得了口吃一般。当我不经意再扫他一眼时，我们的目光相遇了。他表现得兴致勃勃，我立刻移开目光。他的外表有点像个臃肿的恶魔，而他那种好吃懒做的模样则有点像出来作乐的政府奴才。我畏惧像他这样的人，顷刻之间就会这样，也许毫无理由。我可以想象他在一个龌龊的地方下车，他在那儿得势之后享受着周游世界的特权，他脱掉自己的西装，穿上胶靴和外套，阔步走到刑讯室，用钳子拔掉人的睾丸，将电极连到人体其他脆弱部位。如果他本人不动手的话，那他知道谁会动手或者谁下命令，他会坐在那里和他们一起大笑，畅饮自己从旅途之中带来的免税美酒，并谈论着他们可以向那些可怜的受害者实施的荒唐把戏。

坐我旁边的乘客十分友好，一张光亮的圆脸总是禁不住咧嘴一笑。那亮光主要是他的汗水，为此他用挂在胸前像是披巾的一块大手帕不停擦拭。我没承望会乐于和他为伴，但他魅力四射、性情开朗，我发现自己竟然向他讲起自己的旅行以及在英国的生活，并且非常惬意地与他攀谈起来。我甚至告诉他有关爱玛的事情，不过对此我说得比较简单。他则谈起自己在伦敦就读的法学院（似乎他读书岁数有点过大）和即将举行的婚事。这正是他回国的原因。我问他这是他的第几个妻子，他和善地开口一笑说，自己穷得无法巴望那样的事。即便现在，结婚也不是他的主意，但他的父母担心他把这事搁置太晚，所以他为了相安无事也就同意了这门婚事。当得知我已离开家乡多年，他更是乐意提供建议和最新消息，而我也并未像自己设想的那样介意。当他谈到我的那些无端顾虑——一切都不同了，每个人都走了，别为没有早点回来而感到内疚——我的胃里就开始翻江倒海，我不得不冲向厕所。

我们离开伦敦时天色已晚，所以在飞过非洲上空时，我们什么也看不到，只有远处偶尔闪现的一缕夜光，从高空望去像是一堆耀眼的篝火或一股喷出的燃气。到了早晨，下面的土地显得贫瘠而空旷，寂寥得着实让人生畏。当飞过一条看似蜿蜒于棕色沙漠的浑浊河流时，飞行员告诉我们这就是尼罗河。河流沿岸房屋不时拥簇成群，犹如河流直道上的肿块和伤疤一样。随后，图尔卡纳湖①映入眼帘，与四周空旷的岩石地貌形成鲜明对比。接着，当翻越乞力马扎罗山，向右飞行靠近海岸时，景观焕然一新了，不时点缀着树丛，有时又是大片的翠绿。最后，我们瞥见无边无际的大海，成排成列的椰树向空旷的海滩延伸。接着，我们飞过非洲大陆与我们岛屿之间那段海峡平静的浅白色水域。当飞机在岛屿上方低空滑翔时，一切都显得如此的熟悉，我感到自己的双眼早已湿润，记忆中保存的那些场景历历在目，重现时竟然毫不费力。

大家等着下飞机的时候，我的同伴又拿手帕擦起汗来，对于我的焦虑不安他微笑着祝我好运，脸上善意的狡黠中透

---

① 图尔卡纳湖（Lake Turkana），位于肯尼亚北部，与埃塞俄比亚边境相连。它是东非大裂谷和肯尼亚最大的内陆湖，也是世界上最大的碱性湖泊。

着喜悦。大地的热浪和气息仿佛第一次向我袭来。我早不记得是这番景象，居然不是腐烂植物和干裂土壤那种让我窒息的潮气。全新的航站楼宽阔低矮，名称尚未确定，全是钢梁和玻璃搭建，一楼带有观景露台。右面是昔日的航站楼，它看起来规模很小，带着垛口、红瓦屋顶和粗重的木栏杆等装饰物件，像是一座人工花园中的一座亭台或地中海山坡上的一栋别墅。走过停机坪时，我感觉自己像是赤身裸体走下飞机，或像是我的衣服太松太紧或太过艳俗可笑，或像是从马戏团来的难民。我在露台上寻找熟悉的面孔，看到一个人好像是我的继父。经过了这么长的时间，又从这么远的地方回来，我着实难以确定，所以挥手示意看看是不是他。那人定眼看了一会我在挥手，他转头看了一下别处又转向我，脸上露出惊讶的表情。现在我看清了，他太年轻了，不可能是我的继父。

在我站着等行李的时候，我同母异父的弟弟阿克巴拍了一把我的肩膀。我没有注意到他从身后过来，在我把那个男人误认成我的继父后，我已经不急于在人群中搜索，免得又让自己一顿尴尬。阿克巴看起来比我想象的要年轻很多。我们握手致意，好像分离片刻之后再次相见一样，彼此羞涩地微笑着，并客套地说些问候的话，既没有重点也不太夸张。他用手指着大门，透过栅栏我看到母亲早已兴奋地跳上跳下，她笑容满面地朝我挥手，嘴里说着一些我听不见的话。

在她旁边是一个我不认识的年轻女子，但我知道那一定是我同母异父的妹妹哈利玛。我离开的时候，她还非常年轻。她也在疯狂地朝我挥手。面对这种欢迎和温情，我顿时感到如释重负。我不知道自己期待什么，但我认为应该是责备和怒容。

在一辆破旧的出租车后座上，我坐在母亲和哈利玛之间，而阿克巴则在前面坐在司机旁边。我的母亲变化也没我想象的那么大。她头上戴着一条黑巾，由于向后拉得过多，我瞥见了她的依稀白发。不过，她的脸色显得坚韧而活泛，她的笑声和话语依然是如此的熟悉。她的体重稍减了一点，显得比记忆中更为消瘦和自信。她说话的时候目光一直在我身上，她告诉我这边的消息，又问我那边的情况，并在话语和笑声之间不时抚摸我灰白的头发。我从后视镜里看到了出租车司机的眼睛，他和这辆汽车一样古旧、灰白。他看起来神色紧张而专注，显然丝毫不为这次重逢而有任何触动。

在离开机场大约半英里的地方，我们遇到了第一道路障。栏杆边上没有人，但路边有一座小楼，我记得那是一个警局。此地离市区三英里，在独立前曾是欧洲的飞地。毫无疑问，设立在机场附近是为了方便起见，也可能是为了在紧急撤离时可以加快节奏。我记得有时骑车去参观苏丹阿里·本·胡穆德①的宫殿遗址，在海边距离主干道大约一英里的

---

① 阿里·本·胡穆德（Ali bin Humud, 1884—1918），桑给巴尔第八任苏丹（1902—1911），于1911年退位。

地方。1911年，阿里·本·胡穆德在巴黎主动退位，之前他刚在伦敦完成一趟皇家奢华旅行，那是一场皇家婚礼、加冕典礼或诸如此类的活动，邀请了世上有史以来最伟大的帝国的所有无名的酋长、国王和苏丹参加，以便大家可以目睹英国的杰作和绝望。苏丹阿里见识过英国的杰作，他在那里上学并长大成人，直到他的父亲去世时才回到岛国，以便统治信奉清教的阿曼爵爷以及他们的黑人封臣。那儿没有聚会、没有狂饮、没有赛马、没有痛苦的调情，只有飘逸的长袍、家族的阴谋、祈祷与禁令。在此期间，苏丹在海边为自己建造了一座现代宫殿，两年之后他赶赴欧洲参加自己身为宗主与护国公的庆祝活动，并且拒绝回到岛国。值得称奇的是，在被他遗弃的宫殿周围，那片区域后来成了他部分选民的家园。那片废墟中的幽灵大概觉得他们的陪伴既友好又随和。

他并不是家族当中第一个奔赴欧洲的人。多年之前，他的姑奶奶萨尔玛①曾跟着德国外交官私奔。这位租住在宫殿隔壁的德国人从她家的露台上瞧见了她，便坠入了爱河。他俩担心一旦被发现，这事让她的家族蒙羞后会招致严惩，他

①　萨尔玛·本特·萨义德（Salma bint Said），桑给巴尔第六任苏丹的妹妹，1866年跟随德国人鲁道夫·海因里希·鲁伊特（Rudolph Heinrich Ruete）私奔到也门亚丁港，在那里改信基督教后二人成婚。

们这么担心自然也有道理。她的族人对这类事情看得很重，于是他俩便一起私奔了。她把名字改为艾米丽，俩人去了柏林生活。几个月之后，鲁伊特先生竟然被电车轧死，留给萨尔玛的只有回忆和失落。她倒直觉不错，写了一本畅销的自传，而阿里·本·胡穆德却完全没有这么干。

在阿里·本·胡穆德现代宫殿的遗址门口，便是韦斯顿主教的教堂和旅舍。弗兰克·韦斯顿是那个时代的英雄，可谓维多利亚时代一位正直的教士，他曾在岛内外走遍乡间，四处营救奴隶以便让他们皈依。他为那些选择逃跑的人提供庇护，向他们传播仁慈上帝的福音，教大家识字以便他们能够研习《圣经》。当听说年轻人在他提供庇护的旅舍里放荡不堪时，他虽然感到痛苦万分，却并不绝望。他认为完全没必要将此事报告给英国国内的好心人，正是这些人在教堂集市上为他诸如此类的活动筹集资金。过去当我在这座毁坏的宫殿周围漫步时，我时常去教堂参观。教堂地区的管事有一次告诉我，宫殿下面有一条隧道通往港口，苏丹阿里·本·胡穆德可以由此运来奴隶取乐，尽管时至1910年这种贩运已属非法。即便真有什么隧道，但当我再往下问的时候，管事就变得含糊其词，所以更有可能是苏丹让人修建了这条隧道，以便他可以在某个黑夜逃往欧洲。本地博物馆挂着一张弗兰克·韦斯顿享用晚餐的照片，看到这张照片时，我无法忘记他是殖民地的一个英国人，他的着装像是身处汉普郡吃布丁一样。

多年前骑车经过那些别墅时，我由衷羡慕里面整洁的花园和亮丽的颜色，有粉色和蓝色的，甚至（我记得）还有一栋是棋格图案设计。这些别墅都由政府公共工程部建造，所用图样可能由伦敦办事处一位建筑师绘制，里面居住的只有欧洲员工。当然，他们需要附近的警局协助，以免出现寻衅滋事或更糟的局面。当时，警局看起来和这些别墅一样整洁，用白灰粉刷的尤为漂亮，在通往警局前廊的车道两旁，长着丰茂的灌木和盛开着彩色纸样花瓣的九重葛。就连局里的警察看起来也是帅气干练，他们的卡其短裤熨得笔挺、浆洗得放光，仔细刷过的礼帽上那条流苏更是闪闪发亮。我记得那儿立着旗杆，而升旗总由局里的一名警察执行，尽管这场景我只看过一两次。如今，警局外墙上溅满了泥点，大楼门前的花园光秃秃的宛如泥土地面一样。早已没有灌木、九重葛、旗杆或粉刷的石头来标示警局的车道，甚至就连起装饰作用的带刺铁链也不见了，我现在才意识到这条饰链可谓是一次欢快的尝试，来提示众人这是热带气候下的英国郊区花园。

阿克巴在路障处给了出租车司机一些钱，然后我们在车里紧张地默默等待着。离警局不远处，在通往阿里·本·胡穆德宫殿的土路边上，一群人站在树下，好像在等公共汽车，这一小群人一言不发，都朝我们望过来。"这是什么意思？"我问道，一心想知道怎么回事。

"等一等。"阿克巴说，好像是在警告我不要做任何鲁莽的事情。

"这是一个检查站。"出租车司机气愤地说，"如果你不停车，他们就会开枪。他们在那儿盯着呢。等他们准备就绪，自然就会出来，如果你不给钱，他们就搜查行李，不是没收这个就是那个。然后，他们会记下你，下次等你开出租车过来，他们会跟你的汽车、你的驾照、你的乘客……找碴。"

他蓦地闭了嘴，因为有人出现在门廊上。警察伸了个懒腰，警帽也没戴便朝汽车走来。他走近时，我看出他年纪不过二十岁，我觉得他绝对不是假装揉着惺忪的睡眼。他的制服虽说干净，却皱巴巴的，上面既没淀粉浆洗的痕迹，也没熨斗烫出的亮斑，当然他也没有戴礼帽。独立之前，就已是如此。出租车司机热情地问候对方，他跳下车去打开后备厢。定然是在那时，钱已经转手，因为他随即便回到车上，在发动自己那辆古老的奥斯汀前，又向警察喊着告别。"妈的！他们简直是贼寇。"他说，"但你能怎么办？若你不给狗一点东西，它们就抢走所有东西。"

"至少你不用自掏腰包，老师傅。"阿克巴微笑着说，语气坚定地提醒司机应该明白他的损失比乘客要少。司机开心地笑了，几近带着一种自豪。

"你觉得自己在向谁挥手？"阿克巴问道，他在座位里扭过身体朝我咧嘴一笑，"当你走过停机坪时，你觉得那人是谁？他看上去很吃惊。"

我肩膀一耸。"我不知道，我以为我认识他。"

"我当时在露台上，我可以肯定他看上去很吃惊。你觉得那是谁？"他仍然咧嘴笑着，但在那笑容之下我觉得自己窥见了某种坚毅，一种直面尴尬的意愿。我不记得他过去曾是这样，不记得他的性格当中竟有这种坚毅。或许，这是他自信与成熟的表现，或者是对我反感的一丝暗示。

然后，我的母亲又开始说话，并一直说到我们抵达下一个路障，于是之前的表演再次进行一遍。从车窗向外看，我意识到自己期待着更多的变化。一切看起来如此熟悉，虽说比我记忆中还糟。直到后来，当我们驶入老城并且穿过昔日老溪的所在地时，我才看到变化。过去，老城曾是阿拉伯人、印度人和其他富裕人群居住的地方。那儿的房屋为传统的沿海风格，用珊瑚石和灰浆建成。有些大型豪宅里面迂回曲折，不仅带有阳台和庭院，还有封闭的花园。即便那些较为普通的房屋也建得经久耐用，雕花大门上镶着精致的门钹，有时门框边缘上还镶着黄铜纹饰。所有的政府大楼、医院和学校都在老城一边，这里的地形向外突出形成一个岬角，可谓四面环海。这个岬角一度差点被一条小溪切断，而到对岸的唯一方式就是坐船。那个区域被称作"对岸"。远处的房舍大多用泥巴建造，尽管随着人们累积的财富增加，也会建造更为坚固的房屋。有些地区既没通电也没自来水或排污系统。英国人填埋了这条小溪，等我长大的时候，小溪几乎已经隐没，但两边的差异并未消失。当我在老城闲逛时，举目所见都是被事先警告过的景象：有些片区的房屋已经弃置坍塌，曾经喧闹的集市被封之后变成了阴暗的街道，破裂的管道把污水泄在狭窄的街道上，蜿蜒的臭水像小溪一样流淌，而人们只能迈步穿行其中。这种情况过于刻意和普遍，根本不是失修所致，倒更像是恣意破坏。对岸那边街道宽广，并且装有路灯，全新的街区住宅林立，公园等其他设施一应俱全。若没有阿克巴陪伴，我不到几分钟就会迷路。确实不用费多少脑袋，就会看到政府睚眦必报的甜蜜。

出租车到家时，阿克巴说，去问候一下他。他在商店里，我会把你的东西拿到楼上。等我走到商店宽敞的大门时，我的继父正绕过他的桌子走过来，他的脸上既没有表情也没有笑容。我快步走上前去，俯身去吻他的手。他试探性地碰了一下我的肩膀。我认为自己对于这种触碰感到厌恶，但或许这只是我的臆想而已。我知道自己因内疚和羞耻而畏缩，我竭力琢磨自己的哪一项罪行最令他厌恶。接着他转过身，并挪步到桌子后面。欢迎回家。他看上去身体欠安，比过去消瘦很多，并且非常虚弱。"去洗洗吧。"他说话的语气让我感觉自己又像是个孩子，"吃点东西。他们在楼上已经为你准备好了吃的。"

我依照他的吩咐转身出去了，却希望自己本该拒绝才是，本该问他身体可好，本该对他说我一会就上楼，能否先坐下来和他聊上几句？当我们如此谈话的时候，我会说你能给我解释一下，为何你就不能扮个笑脸，以便让我相信自己绝不是从你生活中再次冒出来的可恶东西？你能不能说句感谢真主让我平安归来？他看起来病得很重。为何没人对我提及此事？商店看上去空荡荡的，所剩无几。一切有这么糟吗？但我一句这样的话也没说，什么也没说，我只是转过身走到房子的另一侧，而楼上住房的前门就在那儿。

"你父亲说了什么？"我上楼时，母亲问道。

"他说'去洗洗吧，吃点东西。'"我答道，他们觉得这十分好笑。

我现在要追溯更早的一段往事。无奈也只能这样，因为我现在要以不同的方式讲述这个故事。我的父亲在我出生之前就已经去世。我过去总是惯于这么说，甚至惯于这么思考，尽管我知道这不是真事。我对他没有任何印象，没有他的描述，没有他的照片，甚至连他写的只言片语也没有。当我知道他的时候，他已经不在那儿了，我的母亲说起他的语气就好像他已经死了一样。我只知道他曾是一名教师，我们曾住在带露台的公寓里，在那儿玫瑰和薰衣草曾种在废旧的煤油桶当中。在那栋公寓我一直住到七岁，客厅的一扇窗户朝向大海，如今我依然可以瞥见公寓当年的影子。我记得晚上有些时候，我的母亲会在露台上铺一块垫子，然后在黑暗中摊开四肢躺着，厨房的灯光让她的身影显得更加丰满，她睁大眼睛凝视着繁星点点的天空。大街上人们说话的声音和远处咖啡馆收音机的音乐，会从楼下传到我们的公寓。尽管这都是公共的噪声，但里面也有私密和包容的成分，比如一栋房子的声音。

我的母亲在黑暗中躺着，如果我愿意听她讲话，如果我没有坐立不安、四处乱跑、不停吵闹的话，她会向我讲起她在乡下的生活，讲起父亲不让她上学、姐姐在分娩中死去以及不久之后她心爱的母亲撒手人寰的故事。这样接二连三的灾难似乎是一种审判，一种对他们的诅咒。当她对前来吊唁的一位亲戚说这句话的时候，她被对方问道，难道你不相信神的怜悯？那会让你成为一个没有信仰的人。

我的外公名叫纳索尔·阿卜杜拉，作为他一生的伴侣，妻子的离世让他心碎不已。为了逃避余生之中痛失爱妻的回忆，他一时冲动卖掉了田产，并决定搬到城里来做生意。他租下带露台的公寓住下，接着开始做起了买卖。这是我的母亲第一次在城里生活。可看的东西真多，街上有游行和音乐，海边有漫步的人群，但她的父亲不让她独自出门，因为当时她已经长大。

起初，父女俩单独住了好一阵子，但后来纳索尔·阿卜杜拉决定再娶。我的母亲猜他会如此行事，男人都是如此。婚事举行得很安静，几乎是秘密进行，只有几位宾客和教长说了必要的话，然后吃了一顿便饭。她的名字叫努鲁，一个三十多岁的寡妇，最近丧夫孝期刚满。她是个身材瘦小的女人，脸面轮廓分明，热衷珠宝和香水。嫁过来的时候，她带上了头婚得到的资产，因此她可以无需征求新婚丈夫的意见，就能纵享自己对黄金和麝香的热爱。我后来当然认识了她，并从她那儿听到一些故事，我能想象她毫不费力地操持着家务。她是那种对一切都可以泰然自若的人，讲起话来虽然有自己的分寸却停不下来，并且对于出现的任何问题都从来不乏见解。甚至后来，当她和我的母亲说话时，语气就好像我的母亲是个不知好歹的孩子，对待世间万事都容易粗心大意。

但我的外公由于年纪太大，没法学通自己选择的营生，所以生意也从没干成。他买卖做砸赔了钱，而且还负了债。我母亲说，这个行当里有太多的奸商，他从没学会如何与他们打交道。那时，正是努鲁女士开始说起把我母亲嫁人的事情。像她这样年纪的女人，闲坐在家里不对（我想当时她十七岁），她只会惹是生非。在他去世前，我的外公便痴迷于给她找个丈夫，这事他如愿以偿后不久便去世了。

所以努鲁女士的婚姻只持续了几个月，然后她就再次守寡。大概在我五六岁的时候，我的母亲向我讲起这些事情，那时我年纪太小啥事也做不了，作为一个孩子只能心不在焉地听大人讲话。后来，我发现她故事当中的重要细节从我的记忆里消失了，这些细节要么没有牢牢印在我的心中，要么就是在其他事情的挤压下被丢到了一边。之后不久，她便嫁给了我的继父，再没有重复有关她的父亲和努鲁女士的故事，除了偶尔三言两语提及之外，也几乎从未谈起过他。努鲁女士早些时候就搬出了公寓。我具体记不清她什么时候离开，但不久之后我们也搬走了。不管怎样，我永远记着她做的那道里面有大块芒果的炖鱼汤，每天的午饭她都用这鱼汤来配米饭。她搬走是为了再婚，这次嫁的是一位雄心勃勃的造船青年，此人比她还年轻几岁，但由于我叫她外婆，所以我也被迫称呼这位英俊洒脱的青年爷爷。努鲁女士虽然搬离了公寓，起初她也并未远离我们的生活。她每天都会回来，并一直待到午饭以后，然后她来访的次数越来越少，等到我的母亲再婚、我们搬离公寓以后，最后来访几近完全停止。或许，她是在回顾往昔岁月，就像我和母亲一样。

在他成为我的继父之前，我就知道此人是谁。每个人都认识他。他名叫哈希姆·阿布巴卡，是一位坐拥财富并且享有盛誉的商人，在我们看来他在世界各地都有业务往来。他的姿态和举止就说明了这一点，尽管他的自负当中并无炫耀与虚荣的成分。他从不显摆钱财，总会等着让别人先走，除非对方坚持他才起步。他说话言辞谨慎，声调抑扬顿挫，他知道人们都在听着，而且讲话中偶尔还会来上几句诗文和几个时兴的比喻。不过，此人最大的名声还在于他是一位富裕且成功的商人。在我和他有了父子关系后，他最近一次出手要数他新开的电器商店，商店占据了他所建房屋的底层，楼上的一套公寓则供他居住。就是一个孩子也会情不自禁地被这家新开的商店以及里面摆放的闪闪发光的玩意所迷惑。

在我七岁多的时候，我的母亲嫁给了他，随后我们便搬入他新开商店上面的公寓住下。这套住宅比我们的老公寓要大，它带一个朝向主路的挑廊，而不是一个露台。虽说我怀念过去那间面朝大海的房间，但住在这位知名商人的家里让人很有脸面。有时，当我走到商店柜台后面，站在那些琳琅满目的商品中间时，身为店家的那种感觉更是让人无力抗拒。我的继父本人并不在商店卖货，他雇了个年轻小伙来干这事，而他则坐在角落的桌子边上和进来的人聊上几句，或者处理他的各种文件和那些厚厚的账簿。楼上的公寓里，地上铺有地毯，室内摆着实木家具，客厅天花板上装有吊扇（没有客人的时候，则调为低速呜呜旋转），另外还有一台电唱机和一盏落地灯，这盏灯在我小的时候还是个危险物件。卫生间墙上贴了瓷砖，马桶光洁发亮，在这么亮净的房间方便，真的不禁让人感到羞愧。大人教我喊继父"爸"，但我一生也没法张口，他待我客气得犹如住在他家的亲戚。我不觉得他会为我过分担心。他从来没在我耳边说过类似的话，但我猜他定然认为我是自己母亲的负担。在那儿我感觉像个客人，仿佛在度假一样。

接着，生了阿克巴，又生了哈利玛，之后我的继父变了。他上楼径直去找他的孩子，似乎从不倦于看着他们，他的脸上洋溢着微笑，他们到处爬着蠕动，咿咿呀呀地乱叫。正如我所描述的那样，他是个身形消瘦、神经时常紧绷的人，在公共场合神情庄重而仁厚，但只有我和母亲在场的时候，他过去说话总是简洁明确，好像他在广阔天地之中的行为举止是在掩盖他私下承担的责任。因此，当他脸上露出微笑，这笑容就改变了他。他不再坐在客厅一连听上几个钟头的广播新闻，不再每日值班似的抿嘴喝着咖啡并在被人打断时皱起眉头，而是和阿克巴还有哈利玛在地上四处乱爬，发出可笑的声音并不断亲吻他们。我的母亲开始取笑他，我看到他们的生活也发生了改变。他甚至开始长膘，他的拥抱和拍抚也更为随意，在公众场合似乎还会忘乎所以地笑出声来，但这种自我放任显然不合情理，目的不过是安抚和劝慰那些前来向他讨要好处或询问建议的不幸顾客。从前，正是为了这些顾客，他才会摆出那种极其庄重的姿态。也就是在那个时候，他开始变得像是我的舅舅，对我和蔼可亲，阿克巴和哈利玛则像是我的表弟妹一样，大人时常让我去留意照看他们。

那样的情形不会持续太久，尽管我的继父是一个乐于持家的男人，但在房子里他的沉默如今有了一种新的闲适，一种新的满足。他在外面的形象愈发宏伟起来，因为现在的幸福生活让他出手更为大方。当他的孩子扑过去时，他笑着去搂抱他们，并朝他的妻子微笑。他给他们买来水果或糖果礼物，有时则是他碰巧看到的一个廉价玩具。他对我总是态度和蔼，而且十分礼貌，仿佛我是他负责照顾的孤儿。他只是偶尔对我发脾气，通常是因为他觉得我会纠结在他看来清楚明了的事情，或是我照看阿克巴和哈利玛不太上心。他只打过我一次，当时阿克巴在路上玩耍，一辆自行车撞到了他，我本该一直盯着他才是，要么是我的注意力不集中，要么是阿克巴过于鲁莽。我不记得了。但我确实记得继父听说这事就来找我，那是在小型车祸发生几小时以后，他抓住我的脑袋，把我从地上拽了起来，然后朝我的左脸狠狠地扇了一记耳光。这事我一直记得。

我当然失去了自己的母亲，因为至少过去我了解她。她现在忙得不可开交，既要照顾她的孩子和我的继父，又要招呼前来拜访的客人，他们来给这位商人的妻子和孩子的母亲请安，为的就是积累好感（愿神阻止这事发生）以便有朝一日在需要的时候求人帮忙而已。其中的一位客人还成为我母亲的密友。她名叫雷赫玛，算是继父的亲戚。我不确定他们之间的具体关系，但我怀疑他们并无血缘关系。可能她的母亲曾在我的继父家里当过奶娘。与别人分享母乳是一种近似兄弟般的纽带。无论如何，她的长相与我的继父及其亲戚都不太一样。她家住在城里小溪另一边"对岸"的贫民区，她与油漆工丈夫挤在一个房间里过日子。政治运动开始时，她成了民族主义党坚定的叛乱煽动者，在集会场合带头唱歌嘲讽，并在游行穿过反对派据点时冲在前线。后来，我在床上看到与足球教练睡在一起的正是她，当时她那美丽的身体让我心生激荡。雷赫玛隔三岔五就会登门来访，下午一坐就是一两个钟头，整个屋子充满了欢声笑语。

那时我的母亲还不到三十岁，她的人生最终归于完满。这正是我所说的我已经失去她的意思。她说话依旧语气柔和，暖心的笑声虽然从不发自肺腑，但几乎她说什么都是笑语盈盈，等她对我说话的时候，内容则主要是她派给我的差事和家务。总得有人去做这些事，我想她的感觉和我一样的难过。上学之前，我去商店买面包和小圆糕，放学回家路上我去市场买沙拉和水果，当我的母亲对我说，这些事她本可以办得更好，我带着一种隐忍而优越的神情听着，她说自己从来没法离开家门，像囿于一块草皮中的蛞蝓苟活在世上，或者像森林里被捕后受困的野兽，被迫从事畜生才从事的任务。下午从古兰经学校回来后，我会带上阿克巴和哈利玛出去玩，去商店取白糖、茶叶、皂粉等等，并帮着母亲洗碗、打扫屋子，诸如此类。后来，我每天都去监狱给继父送午餐和换洗的衣服，每天放学都是如此，由于不公的厄运落到了孩子父亲的头上，商人的孩子们反而得到了爱抚和祝福。我的母亲不愿家里有用人——我认为她压根不懂如何与用人相处——尽管我的继父一直劝她雇个用人。"用人会偷东西，家里有陌生人我会感到不自在。"她说。

有时，她以会心的眼神看着我的眼睛。然后，她会说些焦心的话。"你哪里不舒服？你这么安静，脸为啥拉这么长？"

我别无选择，只能向她扯谎说学校里出了事或者我的肚子痛，并问我下午不去古兰经学校行吗？或者从她的关切之中得到一些类似的好处。过了一段时间，我就习惯了这样的生活，并尽力礼貌地扮演别人给我的角色，而且还因为懂事听话赢得了继父的赞扬。也许，我最终学会了不必过于在意，毕竟离家之后我的生活也变得更为充实，我开始在学校结交朋友，得到老师的赞扬，并入选学校足球队。然而，时不时地我会想起母亲曾经的模样，我会怀念有时当我说点有趣的话或做些大人分内的事，她为了奖励我而立即送来的拥抱，以及她过去奇怪地在黑暗中躺在露台上任凭她的言辞与我们所在世界的嘈杂混为一体。我知道自己当时想，等我长大以后绝不结婚，也绝对不要孩子。我无法想象连母亲对我的爱竟然也会消失。这似乎太不公平。

我并非像狄更斯小说中的男孩—受害者—主角那样，还没糟糕到那种地步。然而，我本该表现得更好。我本该睿智、帅气、勇敢。我并不勇敢，但我本该表现得更好。也许，这就是我的继父对我放任自流的缘故。我本有机会、关系、克制和人脉（他的），而我却选择行事像个继子一样。在我的记忆中那段时光并非悲惨不堪。首先，这里面有很多的故事，它们可以填充时光和内心并与生活展开竞赛，它们可以把平凡提升为隐喻，由此让我走过的路看似都是自己的选择，而且我的出走和回来都在计划之列。这正是故事的能耐所在，它们可以把我们经历的牵强混乱推到看不见的地方。

　　公寓的墙面看起来比过去要脏，到处都需要重刷涂料，走廊的吊顶由于屋顶漏雨已经膨胀变形。然而，当我依照指示走进浴室洗漱时，我才看到变化到底有多大。马桶已经堵塞，淋浴间黯淡无光。我被告知早已没了自来水，于是我用桶里的水尽快洗好就跑了出来，而那口堵塞发臭的马桶更是让我恶心不已。后来，当我对阿克巴说起这事时，我带着回国后从未有过的愤怒问他，为何面对这种肮脏的局面他们什么也不做，他对此肩膀一耸。"没有水，"他说，"污水管堵塞了不说，连下水道也堵塞了。你想让我从哪里着手？"

每天只有几小时的供电，肥皂、胡椒、白糖、牙膏、大米等，个个短缺。你应该给我们带点这些东西，而不是巧克力和几瓶香水，哈利玛说。虽然她说话时面带笑容，但我还是不禁从她的话中听出了责备的意味，这么多年他们一直这样生活，我甚至没去费点心思过问此事，更没想过要为此做些什么。我指望母亲或阿克巴会对哈利玛的无礼予以反驳，他们却一言未发，也许他们认为她言之有理。她说话语气柔和，笑容满面，这一点恰似我的母亲，尽管她长得一点不像我的母亲。不过，她对生活有一种热情、一种信心，这点我在自己的母亲身上从未见过。

　　"我当时不知道。"我说。

　　"你当然不知道，"我的母亲说，"即使你带了这些东西，他们也会在出关时拿走。他们想拿什么就拿什么，想做什么就做什么。这儿没有王法。"

　　"即便你把这些事告诉那帮人，他们也不会当回事。"阿克巴说道，面带微笑，表示理解而且暗示他知道我不属于这帮人，或者至少出于礼貌他也没那么说，"你生活在一个根本不用考虑这种短缺的地方，你怎会想到这种微不足道的困难？如果什么东西用完了，你去多买点就行了。如果什么东西坏了，你把它换掉或找人来修就行了。你怎能想到花上一个上午指望着买点盐是什么感觉，或者找个木匠等上好几周去换块天花板是什么感觉？"

当他们谈到自己的贫穷和困苦时，我心怀愧疚地默默坐着。不管怎样，食物味道还不错，我说，这句话让每个人都笑了。然后，当他们心中的牢骚一吐为快之后，他们让我给他们讲一下我在英国的生活。房间里让人感觉拥挤不堪。阿克巴的妻子鲁基亚在那里，怀里抱着老三。另外两个孩子坐在地上，侧耳听着我所说的一切，仿佛第一次听到似的。哈利玛的丈夫在另一个岛上工作，只有她本人来看我，一两天以后就会回去。

我们这样聊天时，继父并没和我们坐在一起。每天早上听完新闻后，他就下楼去自己空荡荡的商店，并坐在那里与任何想进门聊天的人闲扯上几句。旁边的咖啡馆早已没了昔日的样子。不仅顾客已经换了一茬，而且咖啡馆的广播如今只能接受国家电台，其中的谎言让没完没了的评论显得尤为荒诞。早饭之后，我去和继父坐在一起，我们轻松地聊天，小心地谈东论西。人们进门聊天时，他让大家猜我是谁，各个都猜了一番。他显然非常喜欢这个游戏，因为在问题还没出口之前，他的脸上就露出了笑容。然后，我们来了一场意料之中的惊人谈话。有多久了？我们以为你忘了我们。你离开的时候还是个孩子，现在回来连头发都花白了。正如真主所愿。我从未见过我的继父这番模样，在他生命的废墟中间轻浮地微笑着，所有的紧张都从神情中消失殆尽。这使他看起来有一种慷慨的气度，在我儿时认识的那个严厉男人身上我却从未看到这一点。他的某个访客走了以后，他会沉思一段时间，然后我们会继续漫无目的地交谈，或者他会说上几句事关刚走那人的闲话。

每天下午，阿克巴会带我转悠，拜访他觉得我想见的人，把我引介给他的朋友，见识我熟悉的地方发生的变化，他像变魔法一样把我送到那儿，微笑地注视着我并等我给出欣慰的答复。一天下午，他带我去了卜卜卜镇①，并陪我看了在城外建造的新房。我记得卜卜卜，我知道我的父亲出走前曾在那个村子的学校教书。在世纪之交前后一段时间，还有一趟火车在市区与卜卜卜之间运行，而卜卜卜当时是阿曼人居住的中心地带。如今，市区发展如此之快，卜卜卜已成它的郊区，坐一元汽车片刻就到，一元汽车正是定额票价公交车的别称。阿克巴陪我走过那些新盖的别墅，有些是柱廊式的，有些是阳台式的，有些还是大理石建造，他讲起这些别墅的归属时更是一脸楼主的神色。

然后，他摆出一副我逐渐已经习惯的高贵姿态，带我参观了昔日一位老爵爷赛义德·哈菲德的宅子。我们在那里遇到一位男子，此人是赛义德的远亲，他四处求人并用钱赎回了这栋古宅。我们在这座破败的古宅周围转悠，看着那些寂静的喷泉、恶臭的浴室以及妻妾与侍女居住的区域，这栋古

① 卜卜卜镇（Bububu），桑给巴尔市区以北五英里的小镇。

宅似乎成了我们经历变故的一个隐喻。我们那些新男爵后来成了挥霍无度的强盗，他们像对待死尸那样肆意破坏赛义德·哈菲德的老宅，不过他们倒有带头的榜样。

我期待着夜晚的到来。我的母亲会说，现在给我们多讲点。每天晚上，我们都会坐在屋里，轮流讲述自己的生活。比如谁去世了，谁娶了谁，谁说了什么或做了什么，等等。谁在外面偷情，让家族蒙羞并走向衰败。努鲁女士死了已经六年，雷赫玛搬到了蒙巴萨，还找了个新丈夫，诸如此类。当我的继父来到楼上时，他会径直步入自己的房间去听晶体管收音机（电唱机多年以前就不响了），那儿有一盘清淡的晚餐正等着他，他会一边吃饭，一边搜寻世界各地的电台。这时也没人去找他，从收音机里传来的声音，犹如让人远离的禁令。只有当我说该睡觉了的时候，我的母亲才最后一个起身离开。然后，我俩会再坐上几分钟，而我则静静地鼓起勇气，最后再去一趟卫生间。

有一天晚上，大家又聊得相当投机，而我已经在家待了好多天，最后只剩下我俩时，我对她说："给我讲一下我的父亲。"

"讲他什么？"她问道，脸上带着微笑朝向他们的卧室和发出声响的那边。她摸了摸自己的头发，这是一个心满意足的姿势，一种恋人回忆往昔的举动。

"我的父亲。"我说。我本以为她一开始就明白我的心思，她会小心翼翼地加以掩饰。我真没料到她会对我的继父心存这份毫不设防、自我陶醉的爱恋。她现在才明白我的心思，也许是因为我说话的重音变了。她脸上的笑容霎时不见了，她惊讶地瞪大了眼睛。过了一会儿，她把目光从我身上移开，我们静静地坐了很长时间。她坐在那里，两眼盯在地面上，我感觉自己不知就里便伤害了她。是的，我多少明白一些，经过这么长时间，在我的沉默之后，在我漫长的沉默之后……我希望自己找到一种不太严肃的方式问她，但我等了好几天才脱口而出，而结果就是这样。我并不完美，我并不完满。

"你想知道什么？"她最后问道。她的声音柔和，眼里闪着惊奇的悲伤。

"你想告诉我什么都行。"我说。

她站起来把门掩上，但并没彻底关上，然后又坐了下来。"过了这么久你问起这事。"她说道，语气显得紧张。她沉默了一会儿，显出坚定的神情，双眼直视我片刻之后又挪开，说："我会告诉你。我们结婚刚过一年，然后他就走了。我不知道到底为什么。他什么也没说。在你出生之前，他就那么走了。"

她轻轻合上双手，把头稍微一歪，似乎准备好挨上一拳。"我们住的房子属于你们的父亲。"她说道，抬头示意他们的卧室，"阿克巴和哈利玛的父亲。他让我们住在那儿，我和努鲁女士，好几年都没收房租。你就生在那儿。努鲁女士用她的私房钱支付家庭费用。我什么也没有，自己既没有钱，也没有可以投奔的亲戚。我的父亲除了一摊烂债什么也没留下，但愿真主怜悯他。"

我从不知道继父曾让我们免费住在公寓里，也不知道是努鲁女士在支付一切费用。我能想象母亲和努鲁女士当着我的面谈过这事，但我已经记不得了。"你觉得……他为啥这么做？"我问道，"你觉得他为啥让你们免费住在公寓里？"我希望她来维护我继父的荣誉，说他是个体谅她们困境的好人，并尽他的所能来帮助她们。

她叹了一口气，然后疲倦而无奈地笑了。"你难道真想打探这事？嗯！也许这样更好。你已经离家太长时间，这些事情一定让你困惑不已。"

"我离开的时候，年龄太小不懂问起这事。或许，你当时也不会告诉我。"我说。

"别这么说，"她说，"你让我觉得你是在责怪……"

"不！不！"我连忙打断说，"千万别这么想。我的意思是我们还从来没有这样聊天。我觉得自己很难开口问你，我猜你也感觉很难说什么。他为啥让你们住在公寓？"

"你的父亲是哈希姆的亲戚，正是他姐姐的儿子。"她说着停下瞟了我一眼，看我是否明白其中的意思，"他的母亲是哈比比女士。你还记得她吗？你小的时候，我们有时还去看她。她过去住在基克瓦尤尼镇①，正好在老足球场旁边。你还记得吗？"

我摇了摇头。她眼中流露出同情的神色。"时间蒙骗了你太多，"她说，"不过你当时还很小，但我以为你还记着她。她过去总是对你百般呵护，多半是在你六七岁时去世的。她的丈夫是个有学问的人。他曾在开罗的爱资哈尔大学②读书，回国以后就成了著名的宗教学者。但是，他在你的父亲还上学的时候就去世了，也没给家里留下什么东西。所以，哈希姆过去总是在各个方面照顾他们。"

她停了一下，我想她会说，你看不出他是多好的人吗？这句话弥漫在空气中，但她并没说出来，过了一会儿她又说："当我的父亲搬到城里时，他和哈希姆做过买卖。等形势对他不利的时候，他还向哈希姆借过钱。后来，努鲁女士来和我们住在一起，他俩整天说着要把我嫁出去。最后，我的父亲去找哈希姆，把我许给了他的外甥，哈希姆没向我要嫁妆，而是同意免掉父亲欠下的债。那不是一笔很大的债，所以每个人都从中得到了一些东西。事情就是这样，就是如此。"她淡然一笑，好像这番话一点也不伤心。

沉默了许久之后，我本以为她不会再开口，正当我提议我们到此为止时，她又说了起来："我之前当然见过他，你

---

① 基克瓦尤尼镇（Kikwajuni），桑给巴尔的一个镇。
② 爱资哈尔大学（Al-Azhar），世界上最古老的高等学校之一。

的父亲。虽然他家在基克瓦尤尼，但他在这里有朋友。我记得有一次，努鲁女士和我要去什么地方闲逛，他和朋友在街上正好从我们身边经过。努鲁女士叫了他一声，并问他是不是哈比比女士的儿子。他礼貌地连忙道歉，说他没看见我们，不过我认为他不知道我们是谁。也许，他只是在朋友面前感到尴尬而已。后来，努鲁女士还调笑我说，他看我的眼神如何的特别。'那是你的丈夫。'她说。或许，她当时就萌生了这个想法。"想到这段回忆，我的母亲露出了微笑。"自那次我们在街上相遇以后，他有时会经过这栋房屋。要是努鲁女士瞥见他的话，她会一连调笑我好几天。和我结婚的时候，他还在师范学院读书，不过马上就要毕业。后来，过了几个月，他就走了。我不知道为什么。"

眼泪扑簌簌从她脸上淌了下来，一会儿之后她小心地擦掉眼泪，毫无一丝做作的成分。一个像她这样年纪的女人竟然会默默哭泣，竟然还为多年以前弃她而去的男人落泪，这显得让人莫名其妙地感到痛心。"当时我的父亲已经去世——愿真主怜悯他的灵魂，而你马上就要出生。哈希姆告诉我们不要为住的地方发愁，必要的话我们可以在公寓想住多久都行。如果我们有其他任何需求，我们不用考虑直接找他就行，他会尽全力帮忙。他向努鲁女士说了这番话，她知道如何让他轻松地把话说出口。所以我们留了下来，每次我们说起搬家，他都坚决不同意。我们如今是他的家人，他告诉我们，因为你的缘故。事情就是这样。"

那天夜里，我们谈话便到此为止。第二天晚上，我体察到了她的厌烦，以为她不会像往日那样留下。她责骂了阿克巴的孩子两次，中间还离开过客厅几分钟。不过最后，我认为她的厌烦只是让别人离开而已。她显得急躁不安，我猜她在为自己说过的话而生我的气，正如前一天晚上她所说的那样，我这简直是在翻查她的人生。

等到和母亲独处时，我说："我听到了传言。"

"关于你的父亲？你听到了什么？"她问道，目光专注，把头侧向一边，显出一种冷静的职业兴趣。这是她神情专注的惯常姿势。

"他偷渡上了一艘去英国的船。"

"我们听到的也是这样。他过去常说他想读书，他喜欢谈论英国。他在墙上贴过一张从杂志上剪下来的画，上面的景色是位于湖畔的英国乡村，在那湖边还有一座宫殿或什么建筑。他常说有一天他要去那里，所以这传言可能是真的。"她笑着说，"也许有人知道他在什么地方，你可以去看望他……以及他的英国妻子。但也许他从来也没去那儿。你肯定听过偷渡者一旦被抓到会发生什么，听过人被从船上扔到海里或更糟的情况，尽管真主禁止类似的事情发生在他身上。"

"我还听人说他在德国生活。"我说。

我的母亲肩膀一耸说："他就是生活在地狱我也不管。"

"你说他长什么样子？"我问道。

她一定对这个问题有所准备，因为她竟没有任何迟疑。"我们那时都很年轻。我俩结婚时他二十岁，我十八岁。当时一切似乎都有可能。我一直住在乡下，什么也不懂。即便等我们搬到城里，我也只是待在家里。我从没上过学，不会读书识字。如果碰巧听到广播里的新闻，我也不知道说的是啥，更不知道那些地方在哪。我只有听周围人的话，我没有别的选择，只能像个畜生或孩子那样接受安排。他似乎什么都知道。哦！他喜欢说话。我们过去晚上时常坐在露台上，他向我讲起他从书中读到的一切，以及他听老师们说的一切。广播上说的这个，他在影院看到的那个，在欧洲有什么样的东西，等等。努鲁女士甚至有时也会和我们坐在一起，她用疑惑的言语打断你父亲的话，虽说其实她也和我一样无知。但她就是这样的人，心情好的话她会对着星星说教。有时，我们会在房间里躺着聊天，一直说到宣礼员召集晨祷。他让我笑得合不拢嘴。他与人相处通常都很安静，你知道，礼貌而腼腆，就像你年轻的时候那样。但等其他人不在时，故事、笑话和恶作剧，这些他就全都来了。努鲁女士把他给宠坏了，她把他当宝贝儿子一样对待。一切都在为他考虑，我在她眼里总是不对，想不到这个或备不好那个。他殷勤礼貌、笑容可掬的态度，让她简直没法抗拒。还有他英俊的长相……

"他长什么样？他身材偏瘦，就像年轻人一样。个子不太高，比我高一点。我过去总对他说，他还在长个。他的头发柔软卷曲，差不多还带光泽，不像你的头发那样蓬乱。他的脸面很清瘦，下巴又小又圆。他微笑的时候，显得非常年轻，像个温柔天真的男孩。我想努鲁女士非常喜欢这一点。努鲁女士真心爱他。她过去常取笑他说，等他什么时候不想要我，她会始终等着他。后来，他就走了。

"那天下午他没回家，起初我们以为他出了事，"她在一阵看似无尽的沉默之后又继续说道，"也许他是在下班回家的路上出了事。他在卜卜卜的一所学校教书，所以他每天往返都要坐公共汽车，你知道那些公共汽车是什么样子。一开始，我们以为汽车坏了，他该是困在路上某个地方了。等过了天黑，他还没有回来，努鲁女士便去拉希德·苏莱曼的家里打听消息。他是卜卜卜中学的校长，不知道你是否还记得他。他过去住在邦德尼附近，那儿靠近加油站。拉希德·苏莱曼告诉我们，你的父亲那天早上就没上班。他说自己本想打电话问到底怎么回事，但他那天傍晚在咖啡馆听说，有人先在码头看到他，后又看到他坐了一艘汽艇驶向那天停靠的一艘大船。一开始，我们都不相信，接着努鲁女士又听到其他的传言，最后我们无奈只能面对真相。似乎他已经死了，头几个月我希望自己也死了算了，但愿神宽恕我。"

她就这样沮丧地沉默着坐了很久，最后我说如果她感到痛苦，我们就停止谈话。我听到继父关掉了收音机，这通常是她得去找他的信号。但当我提到收音机时，她却摇头说道："哈希姆知道我在跟你说这些。你最好把想知道的都听完。你已经被骗得够多了。知道你出生后我做了什么吗？我毁掉了他所有我能找到的东西，他的书本、他的照片、他的衣服。我不想让你知道任何关于他的事，或者让你想起他。我希望他死掉算了。我希望他从来没有活过。"

"努鲁女士和我讲过他的事情。"我说道，从她的脸上我看出她并不知情，"倒也不多，就几件事，其余的全是我猜想而已。她说他的名字叫阿巴斯，他早已过世，但我从外面听过不同的故事，尤其是当我长大的时候。你觉得他为什么那样离开？"

"我不知道。"她突然说道，明显不愿被人问起这个问题。

"但你肯定想过这事。"我又追问道。

当她再次开口说话时，似乎她要么已经忘了我的问题，要么已经找到了一种逃避的办法。"当他被派到卜卜卜上班时，我们已经结婚三个月。这是一所很好的学校，它离市区很近，我们都很高兴。他有些朋友被派往更远的地方，就只能住在他们工作的地方。他不喜欢教书。那些孩子都折磨他，而他也没法说服他们聆听自己乐意谈论的东西。回到家里时，他会静静坐着，回顾白天发生的事情。他说每一天都让他觉得更加渺小。我也没把这事当真，就疏忽大意了。我以为他只是累了，等他习惯了这份工作，就会变成以前的样子。我没跟任何人说过这事。你过了这么多年才回来，你想让我再次回忆那些日子。我没法容忍这样造次。"

在她还没往下说之前，在她还没完结这场谈话之前，我便连忙说道："对不起，我们就到这儿。如果你觉得不对……如果你不想说的话。我很抱歉让你认为这是造次，我不配得到你的真诚。我也有疏忽的地方，但我很高兴你告诉我那些。我们就说到这儿。"

我们就此打住，但时间不长。第二天晚上，当其他人都要离开时，阿克巴拉长脸看了我一眼，我的母亲站了起来，似乎要像之前那样去把门掩上——只是这次她关上了门。我可以看出，讲述和聆听已经变成强迫行为。我们都是为了各自的目的加入其中，但我深知自己终于找到了热爱母亲的理由。不是作为一个失去她的怀抱、心生遗弃之感而闷闷不乐的孩子，而是因为我发现她无法停止讲述过去，无法掩饰那么多年的伤害，无法掩饰爱情失败的痛苦。在重新经历所有痛苦的过程中，存在一种真正可悲的东西。是的，确实存在。那就是深知这种痛苦永远不会结束，并明白如此重要的事情永远不会结束。这是一种可恨的图景和可恶的认知。

"他离开时一句话也没说，我想不出来是什么让他这么做。我没法想象他的心里是怎么想的。我每日每夜感到的只有羞愧、失落……和恐惧。后来等我琢磨时，我开始整理这事的来龙去脉，我要回到他离开的那一刻。"

"是吗？"

她好奇地看着我。我想象过我俩坐在那里谈论这事的场景，那种奇怪让我为之震惊。我们本可以坐在那间昏暗的屋子里谈论夜晚的美景，或者谈论我们如何才能设法忘却自己的丑陋和卑鄙，或者我们可以自由地谈谈任何事情，既漫无目的也无需深究。相反，我逼她揭开过去的伤口，而我又没有办法帮她愈合。

"你回到他……离开的那一刻了吗？"我问道，我听见"离开"二字在房间里嗡嗡地回荡。

"不，我没有，"她说，"但我理清了有些事情的思路。我记得当我对他说我怀孕时他有多么吃惊。"

"吃惊？"

她耸耸肩。"他什么也没说。努鲁女士会为每个人开脱，所以我猜自己也没有留意。后来我记得，他开始在深夜出去散步，他的沉默变得更长。而当他说话的时候，言语比以前更为犀利。有时，他会在卧室里坐上几个钟头，面前摆着批改的作业，什么都不做。我不知道这些事情有什么关联。不过，我当时对此也没多想。我以为一切都会过去。然后，他就离开了。我想生他的气、想恨他，但我没法持续太久。我只是不明白他为什么要这么做。好像他自杀了一样，但愿不会如此。

　　"我一连几周没出家门。努鲁女士承担了一切。我不清楚那段时间怎么熬出头。但熬出来了，确实熬出来了，就像是奇迹。他的母亲始终没从打击中恢复过来。她病倒之后，医院大夫不知道怎么回事。她的心彻底碎了。她闭门不出，窗帘总是拉着。要不是哈希姆每天让人从厨房给她送去食物，她可能也不会吃饭。每次我去看她，她都哭着求我原谅。她瘦得憔悴不堪，说不定哪天就完了，但她还是挺了五六年。在那些年的最后一年，她总是担惊受怕，再小的声音也会吓得跳起来，并哭个不停。她说自己房屋的一面墙上有一道裂缝，它一天比一天大，很快这栋房子就要坍塌压在她身上。一天晚上，她听到墙开裂的响声。轰隆！最后，她拒绝进食，拒绝住院。她的邻居和她的兄弟尽力劝她不要乱来，但她主意已定。活活把自己饿死了。

　　"他离开后从没给她写信。我不知道他是否给别人写过信。哈比比女士去世三个月以后，哈希姆向我求婚。"她说道，接着脸上露出了微笑，"这是努鲁女士周旋的结果，真主对我们算是慷慨。"

　　我尽力想象是什么原因促使他那样离开。多年来，我一直尽力在想这事，但我总是被这一壮举打败。因为他做的是一件大事，他抛却了自己的人生，藏到一艘即将要把他带到未知荒野的船舱之中。他这样做是为了获得自由，还是为了逃避？不管他逃避什么样的压迫，这样离家除了带来难以忍受的恶果，还能带来什么？如果不是为了逃避，如果他出走是为了自由，那么他如此冷酷而自信地行事，他从中又想得到什么？我曾经认为这其中一定另有他人，认为他卷入无法应对的一件大事之后逃跑了。然而，从来没人提过这样的事情，在这么小的地方这种猛料绝对很难压制，但这并不说明那不可能。

当我开始琢磨自己如何离开时，我曾经有一个秘密的幻想。我会找到他的地址，要是我坚持不懈，肯定有人知道。然后，我会写信给他，他会回信说，好的，来吧。那是起义之后，我们遭受压迫最糟的几年，我们生活在救赎和逃离的幻想当中。我从未写信，也从未向别人提起过他。我听过关于他的一切，都是认识他的人主动告诉我的，也许他们是从我的身上看到他的影子想评论一番。等到我离开的时候，我的继父办妥了一切：护照、机票、金钱，他甚至委托一个熟人的远亲照看一下我并掌管我的开销。我给爱玛所讲的艾哈迈德·侯赛因在莱斯特大学学习的故事与当时的真实情况相差不远。（是的，我知道自己很久没有提到爱玛，但这并不说明我不想她。）

"你想对她做什么？"在和母亲进行了最后一次谈话的

第二天，阿克巴问我，"你对爸做了什么？"我们正在每日下午散步的中途。他下班回家后，总是吃了饭便小睡一会，随后会在令人作呕的浴室洗漱很长时间，并依照惯例穿戴好之后出门散步。我明白他已经克制自己一两天不说话，我看到他和母亲讲话时眼中挥之不去的伤感，但我也知道他不会等太久。我们沿着海边徘徊，这是他喜欢的漫步，在这后殖民时代漫无目的地走着。

"我对他做了什么？"我问道，他皱起了眉头。

"叫他一声爸有那么难吗？"他尖刻地问，似乎想说更多。

"爸。"我马上说道，在他要说出我担心他会说的话之前，在他开始谈论我的忘恩负义和无礼之前。他之前从没说过这话，也没有人说过，但我害怕他们都这么想。我想一旦他说出这话，他就没法闭口不谈我的其他罪责。阿克巴比我小八岁。在他小的时候，在那些年当中，我拽着他从一个地方跑到另一个地方，并为我可以掌控的一切制定法律。如今，我能看出并感觉到他在我面前的那种自信，我能看出他在行事中具有从容不迫的权威，而我则感觉像个外人理应受到责备。

我一直在写自己和母亲的谈话，好像在此期间没有发生任何事情，好像我们是山鲁佐德和那可怕的山鲁亚尔①，两

---

① 此处的山鲁亚尔（Shahriyar）和山鲁佐德（Sheherazade），乃《天方夜谭》中那位暴虐的阿拉伯国王与那位每天讲故事的宫相之女。下文原文提到山鲁佐德是公主，原文如此。

人白天浑浑噩噩地生活，然后晚上回到事关生死的叙事、回到他们都不想结束的故事之中。但我的母亲并不是山鲁佐德，并非那个尽力拯救放荡暴君的公主。她白天忙着祷告，给阿克巴的妻子帮厨，接待来访的客人，教导身边的每个人，并且脸上强作微笑。在我离家这么多年以后，面对曾经熟悉的人们和地方发生的变化，我每天的生活充斥着冲击和纷扰。我觉得自己必须时刻保持警惕，似乎每个人都想抓我的毛病，揣摩我对自己的看法、我说话的方式以及我对礼节的恪守，并由此看出我会如何展现自己与他们的差距。我极其不愿被认定已经变得面目全非，极力不愿被当作另类看待。然而，我想完整地讲述自己的母亲被人遗弃的故事，正如后来我在脑海中重构的那样，以便从不断的讲述中传达出一种力量。

"我对爸做了什么？"我问阿克巴。

"你告诉我。"他说。

在我到家的那天，等按照指示洗漱好并吃过饭以后，我去和继父坐在一起漫无边际地攀谈起来，正如我所描述的那样。他谈到了这些年他们必须忍受的苦难，但语气并非我后来在楼上听别人抱怨的那种口吻，而是一个生意人的语气：当局政府的无能，他们盲目的欺凌，无休止的挫败，他们失去理性的复仇。这是一次公开谈话，当路过的访客瞪大眼睛和我这个浪子例行打个招呼后，他们也可以坐下毫不唐突地加入其中。我继父的商店在大路边上，那些闲逛的顾客在晌午最多，随着日头越高人数就会逐渐减少。当宣礼员开始召集信徒进行午间祷告时，只有我俩单独坐着，我谨慎地讲述着我在英国的生活。宣礼员仍在召集，我俩渐渐沉默下来，接着我的继父起身穿上夹克，迈步走出了商店，朝房子的边上走去。我陪他走了几步，并从宣礼员打断的地方接着讲述我的故事，我的继父没抬眼看我便说，去做你的祷告。

他说这话语气严厉，还带着几分轻蔑。我本该料到这一点才是，毕竟他是一位瓦哈比信徒，他们对真主质朴的言辞坚决热爱，对逊尼派传统教规更是无比崇尚。最初的瓦哈比信徒是正儿八经的原教旨主义者，他们可以在任何宗教的狂热行为中自豪地占据一席之地。他们不仅禁止音乐、舞蹈、诗歌、丝绸、黄金和珠宝，而且可能还禁止其他一些娱乐活动，因为对此大声谈论有悖于他们神圣的信仰。他们憎恶乞讨和崇拜圣人。若说历史上他们最大的破坏是摧毁伊玛目侯赛因——先知的外孙——在卡尔巴拉的陵墓，那么他们却把最持久的迫害留给了怀疑论者和哲学家以及苏菲派教民。有些现代的瓦哈比教民甚至怀疑真主是否会批准电话或电视，更不用说朝月球发射火箭了。

虽说我的继父不是那种瓦哈比派教徒，但我本该知道不能把祷告视为儿戏。我猜刚才自己只是在推迟祷告时刻而已。不管怎样，等他厉声给了我命令之后，我便转身朝清真寺走去。清真寺在我们房屋后面几百米的地方，路上要经过空地中央那棵古老的猴面包树，然后沿着狭窄的街道往下走几步右拐就到，街边散发出下水道的臭味。在英国生活的岁月里，我从来没有去过清真寺，而且除了调侃之外几乎没有祷告过。我知道这一刻终将到来，我担心自己会丢脸并犯下可怕的错误，从而暴露自己长久以来对祷告的疏忽。我把凉鞋放在宽阔的石台上，走到石砌水池旁去清洗。我洗了双手、脸颊、臂膊、耳根后面、眉毛和双脚。通往清真寺门前的三级台阶已经被其他人的脚板弄湿，门内的垫子也被这些脚板踩得又黑又潮。人们分散在不大的空间里，各自靠着清真寺大厅中间粗壮的立柱或者墙壁坐着。时不时地，有人会站起来和刚来的人打个招呼，然后应酬上几句，不过倒也不会闲谈。

　　我紧靠后墙坐着，两眼盯着地板，担心我与自己没认出来的熟人目光相遇时，他会因为我不打招呼而生气，或者等我问候自己认识的人时人家却不记得我，而他只会像机场那人一样地惊讶。我带着焦虑消沉地坐在那里，在等待暴露于大庭广众之下的同时，又为自己的软弱感到羞愧。当伊玛目号召大家起身祷告时，我们在他的身后排成行，默默重复他的言语，然后一起跪下叩头。祷告结束后，我起身离开，一只手在我肩上拍了拍。过了一会儿，多年前我认识的另一个人也来招呼我，而我认识的其他人在经过时，也向我投以微笑或者说一句欢迎的话。祈祷和清真寺带来了一股熟悉的气息，所以尽管我因担心犯错而心生焦虑，但地上垫子散发的气味、墙上粉刷的淡蓝色涂料、轻声的诵经祷告带给我的回忆，让我内心不禁暗自喜悦万分。当我无意听到有人低声说，那是哈希姆的儿子，他下飞机后的第一件事就是到这里来祷告，对于像我这样年纪和阅历的人来说，我竟然惊奇地感到一种自豪。他们并没有把我当外人看待。

从那以后，每当宣礼员召唤时，我无需催促就去了清真寺，不过我从来没法早起参加晨祷，尽管我已放弃（只得放弃）晚上的三杯朗姆酒，但我整夜睡得还是又沉又累。多年以来，我已经习惯了六点就醒，以便在上课之前备好教案或批完作业。现在，我发现作息虽然很好，但我一起床就感到心力疲惫。要去那间肮脏的卫生间，我得经过母亲和继父的房间，他们的房门在白天和傍晚一直敞着，并直到他们睡觉才关上。继父的椅子正好对门放着，所以他可以看到走廊上下的动静，而椅子旁边摆着一张咖啡桌和他的收音机。我第一次去卫生间的时候，（看似如此）碰巧他关掉了收音机，喝完最后一杯咖啡，并要下楼去看商店门前来往的人流。他从椅子上起身，像是在等着我起床。由于卫生间污浊不堪，我会在自己的房间换上浴袍，以免弄脏我的睡衣。我带了一件单薄的毛巾浴衣，那种你可能在海滩上穿的东西（不过我从来没有这样穿过，因为我从未去过英国的海滩）。在我这个年纪，每天衣着不整地经过自己继父的房间，知道他四点就起床，已经听过世界各地一半广播电台的新闻并做完晨祷，这让我感觉在匆忙经过时，自己理应得到想象中他投来的轻蔑眼神。不过，我从未回眸去看。

但我经常去清真寺，这确实为我赢得了微笑和赞许，甚至包括他的在内。日子一天一天过去，我们每天早上都一起坐在商店，一杯又一杯地喝着咖啡，那只硕大的咖啡壶由我下楼时拎到商店，我们的谈话发生了变化。我开始明白有些访客在固定时间每天都来，在这些访客来访的间隙，当我们聊天散漫开场之后，他会以一种始料未及的圆润语气讲话。与其说他讲话很亲近或者说的东西我完全不知（有些确实如此），不如说他在谈论这些东西时不去刻意强调而且比较浮泛。当我让他解释有些东西时，他似乎也丝毫不去回避。

我不知道他的父亲是挖墓人，也不知道他的家人因此遭受冷落。他的父亲身形瘦小而柔弱，你肯定想不到他能干这等活计，使用洋镐和铁锹竟然如此娴熟。但清真寺总是来找他，因为挖墓人本身就少，而那些愿意去抚慰社会上层的挖墓人，那些出力从不计较对方所付酬劳并主动规避人们鄙视的挖墓人就更少。他的父亲身上带有一股味道，我的继父在年轻的时候以为那是死亡的气味，尸体在天热时干燥和腐烂的气味，或者是墓地里潮湿土壤的气息。那种难闻的气味、粗笨的工具以及他目睹别人对待父亲的随意嘲讽，这些事情促使他决意宁可从事其他任何工作，在此生追求荣华富贵并在来世祈求神的宽恕和怜悯，也绝不走他的父亲走过的那条老路。

后来他发现，那种气味并不是死亡的气息，至少不是他认为的那种，而是他父亲右腿内侧一个肿瘤散发的气味，在他生命的最后十二年里这东西一直与他为伍。最后，医生截掉了这条腿——继父用手掌猛然朝外一劈——但为时已晚。他直接死在了手术台上。

这事发生时，我的继父并不在家。那几年生意很差，心灰意冷的他在波斯湾沿岸航行的一艘帆船上找到了工作。他离家几近两年，靠残羹和小米为生，犹如内陆的野人一样。他们当时吃的东西确实如此。如今，我们不能再称呼那些人是野人，他们会吃欧洲人用袋子和铁罐送去的任何东西。他离开了孟买的独桅帆船，因为承包帆船的商人想让船长前往暹罗和爪哇，而我的继父当时早已厌倦了当一名水手。他拿到酬劳之后，在印度观光旅行了三个月，去了德里、阿格拉、海得拉巴、马德拉斯。这些城市的印象在他脑海中依然清晰可见，尽管那是很久以前的事，而他也从来没机会再去一趟。在马德拉斯，他登上另一艘在季风中返航的帆船。

他说直到战争前几年，生意才又有了起色。而在战争期间，由于各种物资短缺，一个敏锐的生意人总能倒腾点什么东西。当然，真正的生意都掌握在印度商人和债权人手中。神赋予他们做生意的头脑，却剥夺了他们的慈善情怀。只有他们可以负担进口急需货物的运费，商贩从他们那里赊来货物，然后再连本带利偿还。从一开始，当阿曼人两百年前在这些地区自立为封主时，他们就请来印度银行家替他们料理业务。商人托潘①在鼎盛时期比苏丹都富有，岛上一半的王孙贵族都把土地抵押给他。这帮商人深谙经营之道，他们更了解王子和苏丹的虚荣。因此，商人资助他们奢靡地摆阔——豪华的府邸、盛大的婚礼、宏伟的计划、纯种的骏马和镀金的刀鞘——并拥有了阿曼人征服岛屿后颁发给他们的那些地契。这些债权人迟早会占有这片土地，而王孙贵族则生活在由印度商人谨慎而明智地出资营造的虚假繁荣当中。当苏丹及其贵族身穿褐色绸缎高傲地显摆，并且不停地密谋各种计划时，那些商人早已掌控了各种实业。等封主们想要收回财产时，那些债权人的律师已经锁定了一切，并有英国人在这里确保法律的执行。

战争来临时，就有可能做别的生意。（这时他咧嘴一笑，虽然他没有这么说，我不知从哪儿听说过，他在四十年代初曾因走私蹲过一个月的监狱。）各种东西都有短缺并实

---

① 托潘（Shivji Topan，生卒不详），印度富商，18世纪末至19世纪曾在桑给巴尔从事经贸活动，后来其子继承了家族产业，可谓富甲一方。

施定量配给，英国人得先满足自己人民的需求，因为他们比我们更为重要。任何你能搞到的东西——大米、白糖、芝麻、小米——即使质量再差，也能卖个好价钱。人们学会了吃棕榈糖、糙米和贝类，而以前他们会唾弃这类食物，认为这些只适合仆人和异教徒去吃。

要得知战争的消息确实困难。当时没有收音机，或者有也是少数，那些家里有收音机的人对此也闭口不谈，因为他们担心收音机会被没收。英国人对什么事都十分紧张，所以我们猜测事情对他们并不顺利。这倒也并不奇怪。我们了解德国人以及他们如何打仗。这里的一些地痞投身战争，一些正在上学的青年也加入其中，因为依照承诺他们回来就会被送到大学，以后就会成为医生和律师。好在你没当律师，他们的营生就是骗人。好在你也没当警察，因为如果你是警察，当他们命令你去逮捕自己的母亲，你别无选择只能服从，但神说过，在我之后当孝敬父母。所以如果你当了警察，也就是说，在需要的时候你已经准备好去违抗神的旨意。不管怎样，他们被派往阿比西尼亚①与意大利人作战，并被派往缅甸与日本人作战，直到战争结束我们才又见到他们，那些活着回来的人。等到当年在校入伍的学生问起大学的事儿，他们便被送去了拜特拉斯师范学院，其他人最后成

① 阿比西尼亚(Abyssinia)，过去埃塞俄比亚的旧称。

了警察。

我们了解德国人以及他们如何打仗，但我们并不了解俄国人，也不知道他们其实更加野蛮和勇敢。当战争形势有利于英国的时候，我们开始得到更多的新闻，正是那时我们第一次听说俄国人。有些人拒绝相信德国人又输了。我们了解德国人。甚至在二战结束后，当电影宣传车四处游走，展示德国投降、德国城市被毁以及在集中营杀害犹太人的画面时，有些人依然拒绝相信这是真的。他们会说那是英国的政治宣传。政治宣传在当时是个高级字眼。战争的结束是宣传所为，犹太人在巴勒斯坦的胜利是宣传所为，印度和巴基斯坦独立时发生的屠杀也是宣传所为。但战争的结束带来了一段时间的经济繁荣，直到政治运动来临前夕。

"我对他什么也没做。"我对阿克巴说，"他谈论自己的喜好，我只是坐着听而已。今天，他告诉我穆罕默德·萨尼的家人如何说服当局把房子还给他们。这次讲得非常详细，他自己扮演了所有角色：一会他是这家人，一会是住房部的小职员，一会又是常务秘书，接着又是部长，最后又是总统本人，那位基博尼宫的恶魔。"

阿克巴咧嘴笑了，"他给你讲他们被传唤到基博尼宫的故事没？当时，来自不同地区的女孩被逼着与非洲黑人男子结婚，尤其是那些身为政府高级官员以及革命救赎委员会成员的肥胖老男人，愿神诅咒他们。"

"我记得，"我说，"我听说过此事。"

阿克巴看了我片刻。"我曾写信问你是否可以将这种……罪行公开报道。我寄给过你一些文件和照片。"

"我试过了。我写信给报纸，没人感兴趣。"不管怎样，我曾写信给《卫报》，对方谨慎地答复了我，并把材料转给当地的通讯记者。后来，我听说此人是总统的朋友，更是州议会的常客。所以，很容易想象这些文件落到他手中时会发生什么。有段时间，我曾为阿克巴担心不已，害怕那些文件可以追溯到他身上，但我本该知道掌管当地情报部门的那些可悲恶霸也不可能如此精明。他们真正的本事在掠夺、折磨和迫害。

"你从来没回过我的信。"阿克巴说，然后他转头笑了起来，好像被我逗乐了一样。"看见自己得不到那些来自伊朗、阿拉伯或印度的年轻漂亮女人，那些老色鬼都快被逼疯了。她们浅色的皮肤和丝滑的长发折磨着他们。因此，他们在革命救赎委员会举行了一场疯狂的谈话，并认定这些女人都是种族主义者，这是神的真理。这帮种族主义者通过羞辱所有可以触及的种族主义者，进而逼迫那些女人上了他们的床，愿神用恶疾在暮年击倒他们。广播电台那天晚上宣布，种族主义是我们国家无法容忍的罪恶。这拉开了点名批评的序幕，并且要求将某个女子送到革命救赎委员会某个成员的家里，然后在那里举行结婚典礼。那些恶魔甚至希望父母和亲戚把他们的女儿送到这场食人宴当中。

"不管怎样，正如你可以想象的那样，大多数女子拒不前往。她们的父亲满口抱怨，她们的母亲抹泪哭泣，为避免灾难来临只好匆忙安排婚事。但那帮老色鬼，愿神让他们卑鄙的灵魂腐烂，他们拒不罢休，于是军用卡车到各家搜罗那些幸运的新娘。'人民之父'亲自来聆听这些女子的父母抱怨。他根本不需要军用卡车，随意就可让人结婚或离婚。只要一句安抚人心的话，父母就会把幸运的女儿送到兽穴，在救赎者的奇想之下被侵犯和玩弄。随后，总统用不着从沙发上挪动一下，他就有权折磨、残害甚至更糟。当听到这些抱怨后，他召集了来自所有社区的代表，不论是按照地区、宗教派别、国籍，还是他们可以想到的任何类别。他的礼仪部长、安全主管或者执行这件无用之事的官员，他们为此肯定花了整整一周的时间。重要的是，咱爸也被传唤去了，尽管我不知道他代表谁，而且他的独女已经嫁人。于是，一群胡子灰白的老人围坐在宫殿的宴会圆桌旁或什么地方，在低声祷告的同时也不知道还在期待着什么。'人民之父'阔步走了进来，看到那些畏缩胆怯的老人，他不禁发出了那种低沉而邪恶的笑声。

"我听说你们有些人在发牢骚，"阿克巴说，声音低沉而险恶，然后大笑起来，"你应该听爸来讲一番。"

"我会的。"我说。

"所以，当他的声音还在房间里回荡时，这位伟人拉开他的裤子，掏出他的鸡巴放在桌子上。他让每个人都看了个够，然后说：有什么好抱怨的？这事没那么大。她们可以毫不费力地含住整个东西。现在都回家，别再找麻烦。你们觉得自己很特别吗？那些日子已经过去了。我的政府憎恨种族主义，并且会不惜一切手段将它消除，包括这种手段。然后，他拍了下自己的鸡巴，又把它放回裤裆里，对着他的观众发出咆哮般的、恶魔似的笑声，然后再次回到为了这点乐趣而中断的淫荡之中。

"那是我们的大人物。对他来说任何事情都不过分；对他来说任何卑鄙手段都不足为奇。那些用机枪把他打倒的人，尽管他们自己也是卑鄙的混蛋，不过等他们的日子到头时，他们也许只会从神那里得到极大的怜悯。但我希望现在那位大人物正在地狱里燃烧，而这在早前被认为是一种特权，我希望他已经在体会神在来世向我们当中的有些人许诺的不太可能的惩罚。"

后来，我们回家时宣礼员在召唤大家去晚祷（当时天黑以后没人在外面待太久），阿克巴说："你说他在讲话。我知道他在讲话。他每天和那帮老人坐着，什么事也不做。但现在他进屋后什么也不说，就只是坐在他的房间里。他通常可不是这样。"

我早已留意到，每当阿克巴想说刺耳难听的话时，他会把目光移开，脸上露出凶狠和蔑视的表情。他现在讲话时，正是这样的情况。"前几天晚上，我看到他坐在那里，我就进去问他，今天有什么新闻？大致如此。他拉长脸刻薄地看了我一眼，似乎我是世上最大的傻瓜。然后他说，我只是在想。我问，在想什么？你知道他说了什么？他说的事情让我痛心。我从没听他说过那样的话。他说的事情让我痛心，而且脸上一片茫然。这正是我问你对他做了什么的意思。你和妈的那些秘密谈话，我能听到你俩一直嘀咕到凌晨。到底怎么回事？你想干什么？"

我能感受他的愤怒，我猜他想说更狠的话，让我别再扰乱他们的生活。或许事情可能更为简单；或许他只是因为没有参与其中而受伤，只是因为旧情复燃让他感觉疏远而已。

"我向她问起了我的父亲，"我说，"我那离家出走的父亲阿巴斯。"

阿克巴既没看我一眼，也没停止他的步伐。我以为他会惊愕地转向我，似乎我已经掀开一次亲密尴尬场景的帷幕。

"这就是我们主要谈论的事情，"我说，"我只想知道其中的一切。我当年离家时，年龄太小也没问。"

他点了点头，尽管他什么也没说，我能感觉到他的谴责。你过了这么久回来就为了让她重提旧事吗？然后，他又点了点头，也许他对此并不反对，只是吃不准对于如此伤人不浅的事情他还能说些什么。在他不知道的情况下，他的脸色变了。他皱起眉头的冷笑渐渐缓和下来，我看到他深深地吸了一口气，然后又缓慢地舒了一口气。

"我以为你回来是要结婚，"他咧嘴笑着说，"而不是来开展一个考古项目。"

"别再提结婚的事。"我说道，就这样我们笑着迈过了这个难堪的时刻。

第二章

在我回家第二周的时候，我接待了一位不速之客。由于他正好在午饭前出现，他对自己尴尬的登门时间深表歉意，但他刚从阿克巴那里得知我回来了，所以想在下班回家的路上顺便造访，并且非常抱歉没来得及送我一份礼物欢迎我回国。匆忙之中，他能捎来的只有几张昔日海滨的照片，那还是 1890 年被皇家海军轰炸摧毁之前的模样。我以前见过这些照片吗？大学历史项目的一名研究人员从档案中发现了这些照片并制作了一些副本。在其中的一张照片中，来自爱尔兰军团的三名海军士兵赤脚摆出胸前扛枪的姿势，躺在他们面前的战利品是横卧的一具黑人尸体，其中一名士兵还光脚踩在死尸的头上。

我的这位访客说，他前几天在清真寺远远地看到过我，不过他一直不太确定。但今天早上，阿克巴向他证实那人就是我，他认为最好来和我打个招呼，虽说他是空手而来。多么热心，但不，他不会留下吃午饭，多谢！我们只站在大门里面，不会，他不会上楼并在此时闯入饭桌。我明天有空去他的办公室拜访吗？或者后天，若那样更方便的话？如果我可以，他会非常高兴。我们有很多事情可谈。不过，他真的不会留下吃午饭。他的家人正在等他开饭，非常感谢。那明天再见，感谢真主。

我的这位访客是文化部的常务秘书，虽然我曾听人提过他的名字，并与他的一个弟弟或堂弟一同上过学，但我以前从未见过他。我无法想象我俩会有许多事情要在他的办公室里谈。楼上没人对我的访客产生兴趣，除了阿克巴以外。

"他可能有用，"他说，"我会一起去。"

"有什么用意？"

"你不知道这儿的处事方式。"他说。

"那你的工作怎么办？"我问。

"什么工作？我这儿什么也不干。我在办公室露个脸，然后晃荡几圈就回家。"阿克巴在环境部工作，他确实在那儿待的时间不多。每天早上，他在这所房子里会露两三次脸，而且理由十分牵强。如果他听说市场上有新鲜的好牛肉，他会在卖完之前买点。要么一艘渔船在淡季捕捞了一大批金枪鱼，他会去海边看下是否还有几片可买。要么他想到去缴纳电费，或者想让建筑商过来看看几乎快要倒塌的天花板。午饭以后，他几乎很少回去工作，虽然在理论上直到下午四点工作才算结束。

这位常务秘书名叫阿穆尔·马利克。他身形矮小，五十岁出头，略微有点发胖。他的办公室以前是一户印度人的房屋。我不认识那家人，但房屋离邮局很近。多年以前，我曾多次路过此处，并看见那家人各忙各的，有的来回走动，有的忙着洗车，有的与一位关系不近而没被请到屋里的访客在门口聊天。这栋房子定是起义之后被充公没收了，正如其他许多房屋、农场、生意、汽车以及任何值钱或有用的东西。那时，政府打劫的胃口永无餍足，许多男爵和骑士贪婪地争夺自己的份额。这栋房屋的正面围着一堵墙，里面环绕的庭院不但铺有小路，而且到处种着茉莉花丛、矮夹竹桃，并栽有一棵棕榈树作为装饰。墙上蔓生着一种攀援植物，开的淡紫色小花我还从未见过。我伸手去摘一朵花，但阿克巴告诉我别碰。它的汁液会染脏你的衣服，他说。我只想摘一朵小花而已，而不是在里面打滚，但我还是把手缩了回去，免得他有什么意思我没有领会。

我们顺着宽阔的石头台阶走上阳台，接着在步入室内的那刻顿觉一阵清凉。阿穆尔·马利克走出来伸手问候，若说他看到阿克巴一道前来感到吃惊的话，他倒并未表露出任何迹象。不过，我怀疑他定然吃了一惊——政府办公室就像是集市，任何活动都在公众的眼皮底下进行，正如我之前兑换货币或咨询拨打长途电话时已经发现的那样。阿穆尔·马利克的办公室是一间宽敞舒适、面朝大海的房间。也许在使用早期，这是一间家庭活动室，父母和孩子晚上会坐在那里，感受水面吹来的微风，收听广播里的歌曲。

阿穆尔·马利克挥手示意我们入座，然后自己坐回到大桌子后面那把舒适的椅子里，桌子上空无一物。有一刻，他的脸上露出灿烂而和蔼的笑容，接着他带着专注的神情，弯曲食指挠了一下自己修剪整齐的胡子末梢。我略带嫉妒地看着他和阿克巴毫不费力地开启了轻松、愉快的谈话。我知道这并非我可以做到的事情，但也许那是因为他们彼此各自都能泰然处之。在陌生人当中生活那么久以后，我早已丧失那种随意而为的自信，那种舒服地靠在椅子上并挠着自己的胡子侃侃而谈的能力。

　　阿克巴开始谈论他正着手的项目，即旧殖民酒店的翻新以及周围欧式区域风貌的复原工作。由于近年来疏于看管，需要进行一些结构修缮，但好在维修的地方不多。说到这里时，他俩扬起眉毛以示互相同情。阿穆尔·马利克说，他们那个时候知道如何建造房屋，而阿克巴则发出一阵低沉的咕噜声，好像一只发情的公鸽转圈的叫声。真正花钱的地方在更换管道和装饰上面。就这方面来说，所有东西基本全部损坏了：磨烂的地毯、肮脏的淋浴、烧掉的开关，并且你该看一下马桶的情况。酒店的厨房更是恶心至极。列在清单上的象脚伞座没了踪影，酒店图书室早已被盗，所剩书籍里面到处是虫卵。所有那些初版的英国文学经典作品，许多游客在那儿惊奇地发现以后，曾在欧洲报纸上撰文予以报道，可惜如今许多都已毁损。这还只是酒店的情况，更不用说附近像利文斯通、斯坦利和伯顿等其他家族居住的那些房屋，他们当年到内地探险时曾结伴而行，这些建筑是历史的一部分，却早被那些对历史毫不关心的家伙搞成了破宅。

"把所有这些东西维修好得花很多钱。"阿穆尔·马利克说，"但这很有必要……遗憾的是，阿卡汗基金会①对这个项目不感兴趣。我的意思是这当中很有旅游潜力。"

"但我们相信联合国教科文组织会赞助。我们期待很快就会派来一个事实调查小组。"

"工作难干，这工作真的难干，"阿穆尔·马利克说，"没有什么工作比吸引国外资助更难。"

"我们会尽全力。"阿克巴说。

我双眼注视着他俩，看这谈话当中是否有讽刺意味，看他们是在自寻开心，还只是嘲讽而已。当整个城市彻底崩溃，食物严重短缺，厕所马桶堵塞，半夜供水只有两个钟头，并且随时可能会断电时，他们果真在冷静地讨论往殖民建筑上撒钱吗？当广播和电视每天不分昼夜高声播放谎言时，为了想要办成一件简单的事，你非得肚子朝天躺在地上扮个小丑吗？从他们的脸面上和声音中，我竭力寻找一丝愤世嫉俗或嘲讽的语气，然而他们似乎非常关切此事的重要性。他们在翻新谁的历史？然后，我突然意识到他们这样说

---

① 阿卡汗基金会（Aga Khan Trust），由阿卡汗四世在1977年创立的基金会，其中的建筑奖更是在世界上颇具影响力。

是为了我，而且他俩说什么其实都不重要，因为反正这都可归结到同样的东西：项目、赞助方、联合国教科文组织、政府工作。这并非要给我这个来自欧洲的访客留下什么深刻印象，而是要表明他们已经介入他们或者我们这个世界的紧迫问题当中。对此，我不得而知。

"是的，我们都在尽全力，"阿穆尔·马利克说着转向我，"这也正是我很高兴你今天能来的原因，我的兄弟。还有很多事情要做，我们需要像你这样的人回来和我们一起做。我会尽力说服你加入进来。那些有能力的人都去为其他国家工作，这里只留下我们这些笨蛋。我们需要他们回来帮助我们重建国家，我以真主之名发誓。在本部正好有一份工作，如果你愿意的话，明天就可以来上班。我希望当我告诉你这件事的时候，你内心感到兴奋不已，并想回来加入我们。"

我当然感到受宠若惊——他们这里需要我——但这个建议我丝毫不能当真。我的生活在别处，主要是爱玛在别处，我绝对无法想象她会同意放弃大学的工作和英国的便利生活，来这里与艇长和船员一道乘着破旧的皮艇，沿着印度洋海岸疏通厕所的下水道，这在一个普通人看来简直就是一伙食人暴徒。不过，我问了下这份工作具体干什么，并看到阿克巴脸上露出一种玩世不恭的微笑。我本该在几分钟之前就问，当时他们正在认真地谈论象脚伞座以及国际赞助翻新的历史遗址。

"我们正要设立一个翻译项目。"阿穆尔·马利克说。他身体往前一倾，手肘靠在桌子上，这位思维活跃、注重实践的男人正摆出主顾的架势，并在自己袖子里藏了一份工作。他的声音原本亲切、爽朗，现在却音色沙哑，带上一丝秘而不宣、推心置腹的味道。"我们已经向一个斯堪的纳维亚文化基金会递交了申请，希望他们马上就会同意。他们过去曾帮助过我们，而且他们通常非常慷慨。他们会为一切东西提供资金：员工、设备、出版、营销。可能还得去几趟哥本哈根来协调具体的细节。我希望你能参与这个项目。"

阿穆尔·马利克瞥了阿克巴一眼，给他一个灿烂的微笑，顽皮地陶醉于自己的恩赐当中。我想象着他对阿克巴说，这就是部长常任秘书的意义所在。那便是向值得你选择的人颁发如此丰厚的奖品。

"但资金还没有到位。"阿克巴对我说，意在提醒我不要对去阳光明媚的哥本哈根出差过于兴奋。也许，称为"资金"让它看起来不像是乞讨和依赖，不像是昧着良心拿钱挥霍在各种劣质的玩意和俗气的排场上面。像"资金"这样的词语超越了虚伪的范围。它们类似宗教的礼拜用语，庄严肃穆且蕴意无穷，却不够精确以对抗意义的不断衍生。

"这个项目要翻译什么？"我问道，"假设斯堪的纳维亚文化基金会提供资金的话。"我想试着大声说"资金"这个词，看这么说是否有安抚作用。

"他们会的，"阿穆尔·马利克认真地说，"我们以前和他们打过交道。我相信他们会理解，兄弟。这个你别担心。斯堪的纳维亚和荷兰是我们最可靠的赞助方。其实，我们也向一个日本基金会提交了申请。我们正在尽力把他们引入项目当中，尽管这只是最近的发展方向，而且我们也还没有任何结果。据我所知，日本人一旦被说服，就会非常慷慨。但正如我所说，这对我们而言是一个新的项目，至少在文化战线上是这样。"

"那……"我开口要说，意欲把他带回这番周折的意图之上，但他却用一个灿烂、会心的微笑打断了我。

"我知道你要说什么。"他说道，脸上的笑容荡漾开来，把阿克巴和整个房间都纳入其中，伴着柔和的灯光和海边习习的凉风，"这么多年，你一直努力让自己过上成功的生活，如今你有了一个好的职位，享受着自己想要的舒适和便利。不要认为我不知道要取得这些有多难。这里有些人以为，生活在那些地方就是你每个月去一趟银行领取工资的问题，而其余时间就可以把腿抬高坐着看电视。听着！我知道事情不是这样，这需要兢兢业业地努力工作才能走到今天。现在你既然得到了这些，为什么要放弃那边的一切，回到这里重新开始奋斗？"

他又显出认真的神色，一个通情达理、阅历丰富的男人。我本想对他说，他高估了我的成功，不过被人说成是境遇的主人而非一个弱者，这实在让人感觉十分良好。

"不过，我来告诉你为什么该回来。"这个不知疲倦的男人又说。我感觉阿克巴在我身边动了一下。我想对阿穆尔·马利克说，你看起来精力旺盛、营养充足。你整齐的胡须让人印象深刻，你讨人喜欢的脸蛋可能是对大部分命令有求必应的结果。我要说的是，你似乎在理智应对自己所处的艰难而屈辱的境地。我们坐的房间是抢来的，你白天待在里面，这房间让人心情愉快，甚至可以说十分漂亮，没人可以拦着不让你讲中意的话语，不让你编织自己着迷的幻想，不让你玩弄言语所能容纳的意义。所以为什么你要跟我讲话，好像我们可能要做的事情以及你假装要求我做的事情，都有其目的所在？你能不能只说，难道我为自己搞来的这个房间不漂亮吗？难道我做得不好吗？难道今天天气不好吗？

他不能这么说。"因为我们这里需要你。原谅我这么说，但他们那儿不需要你。他们自己就有足够的人去做任何必要的事情，他们迟早会说他们用不着你了。然后，你会发现自己处在异国他乡，也无法抗拒嘲讽我们的同类。如果你回来，你会和自己的人民在一起，人们信着相同的宗教，说着相同的语言。你要做的事情会在你熟知的世界之中产生意义和地位。你会和你的家人在一起。你人要紧，你做的事也要紧。你在那儿学到的一切都将对我们有好处，它将会在这里产生影响，而不是——请再次原谅我这么说——另一种无名的奉献，去为一个毫不关心你的社会谋求一丝舒适和福祉。"

即便我竭尽全力，也无法叙述得更好，尽管他定然无从知晓那些丰富我人生的诸多微妙与复杂情况。他们那边当然需要我，这有助于他们认识自己是谁。阿穆尔·马利克瞥了阿克巴一眼，阿克巴领会其意之后说，这是事实。继事实之后，他们又要发言。阿穆尔·马利克赞同阿克巴帮腔的简练，因为他坚定地点了点头，然后往后靠在宽大的椅子上，又再次点了点头。

"我要补充的是，"他又说道，对自己就要吐露真相显得十分坦然，"我这么接触你是由最高当局授意。我几天前向总理说起，我听说（向阿克巴点头）你回来探亲。你们一起上学的时候他就记得你。他比你高好几级，但他依然记得你当时才华出众的名声。我们都记得，事实上我们都还记得。他对我说，你要尽力劝他回来。我们需要他这样的人回来重建这个国家，使它恢复原貌并走向繁荣。这个项目只是一个开始。我们希望在一段时间以后你就能干点大事，这可绝对不是空谈。"

阿穆尔·马利克静静坐了一会儿，眉眼低垂，思忖自己刚才的所为，无疑在心中掂量这是否足够。是的，我当然感到受宠若惊。才华出众。没错，任何人有点才华都会认同。

这可要比任何一天站在寒冷的泥潭里捕食虫子都好。最初在英国寒冷洼地生活的日子，我的一个幻想便是有一天，我会回来经营自己那片饱经沧桑的土地。起先，我会拒绝无休无止让我回国负责事务的请求，但义务会战胜这点情有可原的拒斥，并且最终我会同意。在我年轻时代的白日梦当中，我有时会给自己取名"候任总统"，之后，面对自己的人生真的日薄西山，连白日梦都变得过于荒谬而无法从中作乐了。但我同时也感到困惑不已。他们以为我能做什么？其中肯定有差池。我只是一名教师，看在上帝的分上！我并未施展自己的才华。我知道在这片诞生巨人和奇才的土地上，电视二十四小时都有色情频道，在这个称为"议会之母"和自尼尼微①以来最精彩的大都市里，在神圣欧洲帝国的中心，我干着一份平淡无奇的差事，但这些东西无从让我享有这样的期望。无论如何，在那里我大部分时间都在乘坐巴士、等待巴士、待在难闻的教学楼，或者和一个女人在床上怄气，而我最近怀疑她鄙视我。为何要费这番周折劝说像我这样已经陷入平庸的人回到这种肮脏的地方，而他们和我显然对此都无能为力？莫非这只是一种难以遏制的道德优越？摒弃你用背叛得来的舒适并像我们一样受苦？也许，如果我告诉他们我的心脏有问题，他们会意识到他们的错误。

---

① 尼尼微（Nineveh），古代新亚述帝国的重镇之一，于底格里斯河东岸，在今日伊拉克北部城市摩苏尔附近。

爱玛！我多么想念她。

"请替我感谢总理。"我说道，并为这一切的毫无可能而暗自发笑，"我很荣幸受到他的邀请。他认为我值得劝说，真是太好了。"

"这不是开玩笑。"阿克巴说，我的轻浮冒犯了他。是的，我想说。这是个玩笑。这抢来的房间不美吗？我希望总理的房间会更漂亮。

"你可以亲自感谢他，"阿穆尔·马利克微笑着说，以淡化阿克巴激烈的言辞，"他希望你给他的办公室打个电话，以敲定拜访他的时间。事实上，你现在就可以给他的秘书打个电话。"

他伸手去摘话筒，这部电话为乳白色，我们坐在那儿的工夫它一直没响，但我使劲摇了摇头。他拨了一半停了下来，定睛看了我几秒。转眼之间，他已不再是"友好先生"。我能感觉到他的愤怒，有一两秒钟我认为他会威胁我，或者准备要给我讲个人义务的悲惨教训。要是可以看到那层亲切的黏膜剥落下来，并暴露出我怀疑藏在下面的那个自私自利的恶霸，那一定会十分有趣。

"这个项目要翻译什么？"我问，"你还没有告诉我细节。"

"世界上最伟大的作品。"他说，语气之中我认为有些快慰，但绝无盗用的那种自鸣得意，不过带点央求的谦卑，"我们想要让普通人有机会理解这些作品的深刻思想。当然，这个项目要按优先顺序开展，但我认为可能得从莎士比亚、马克思、托尔斯泰和海明威开始。或许你知道，我们联邦共和国的总统非常喜欢海明威，他自己还是莎士比亚的译者。我们需要马克思，这样人民才能更好地理解民主社会主义，这可是我们国家的执政纲要；当然我们也需要托尔斯泰，因为他对农民和群众寄予了莫大的同情。"

这里我应该说，我们联邦共和国的总统不仅与那位在基博尼宫对着受人尊敬的白胡子老人们晃荡自己鸡巴的流氓没有任何关系，而且也与那位更为温和的现任没有丝毫瓜葛，不过这位现任取代（在广播运动失败之后）的那个男人也曾取代过"建国野兽"。继起义之后，我们共和国的岛屿被迫与隔壁的大国联姻，但我们保留了自己的总统、自己的民族救赎革命委员会、我们自己的监狱以及无数野餐场所，在那里我们的精神病当局可以玩弄他肮脏的小把戏。我们共用一面旗帜——虽说是另一面——并使用同样的货币，所有钞票上都印着同一个男人的画像。这个男人就是联邦共和国的总统，几十年来他一直掌管着这个摇摇欲坠的国家，他针对非洲民族精心谋划的评论安抚了欧洲和北美（以及落后国家个别几个先进团体）的自由意识。在他执政的早期，在他成为世界安定不可或缺的人物之前，他已经翻译了莎士比亚的两部戏剧。在我高中的最后一年（那时他已经大权在握），学校要求我们表演他翻译的《恺撒大帝》，从舞台工作人员到所有主角，每个人都刻意破坏他的译本。甚至连观众都加入其中，他们对于我们拙劣的表演甚为恼怒，对我们发出嘘声的同时，还砸碎大厅的百叶窗。这就是阿穆尔·马利克心中的总统，尽管我当时并不知道他热爱海明威。

"伟大的思想作品似乎全都来自欧洲及其分支地区。你会考虑翻译其他地方伟大的思想作品吗？"我问。

阿穆尔·马利克笑了，"我明白你的意思，但必须是当代的。"他用英语说的当代。我恭顺地点头，等着他继续，琢磨当代这个词语。也许，这是另一个礼拜用语，正如赞助方和资金一样，这对斯堪的纳维亚文化基金会而言完全可以理解。

我们离开阿穆尔·马利克漂亮的办公室，我答应会考虑他的提议（我建议最好在资金到位后再商量），答应在我有空的时候去他的办公室拜访，答应给总理秘书打电话预约见面时间，并泛泛地承诺以后保持联系，承诺关心我们的人民和他们将来的繁荣。毕竟，这才是最重要的事情。

走出办公室后，我们来到热气腾腾的大街上，阿克巴说："那人只是说说而已。"

"我以为你喜欢他的话。这是事实。"我模仿道。

"这是事实。只是有这帮人坐在我们旁边，这简直是浪费资源。不管怎样，我得说点什么。你那么对着他皱眉，我以为你会做傻事。别忘了给总理办公室打电话。"

"是的，他会有用的。"我说。

阿克巴把我们今天早上的故事讲了又讲。我的继父漫不经心地点了点头，一边又为自己卷了一根烟。乞求施舍，这就是政府现在的样子，他说。愿神可怜我们。我的母亲显得很有兴趣，但随后又担心这是骗局，等把我忽悠回来以后，他们就会将我关起来。他们为什么想把我关起来？我问。你不知道这帮人，她说。他们简直是恶毒至极。看他们的脸面多么干瘪。神让他们没了怜悯之心，求真主原谅。那天下午我们散步时，阿克巴向我们路上停下问候的熟人饶有兴致地讲起早上的闹剧，大家对这个想法都是一番嘲讽，同时还告诉我别浪费自己的才华和机遇。苍天，这里啥也没有，他们说。

那天晚上迟些时候，等家里的电视关掉而孩子们被赶到床上睡觉时，谈话又回到工作邀请的话题上。现在，阿克巴把它当成一个取之不尽的笑话来讲，但我开始觉得它已经索然无味了。

"和我们一起待在这儿，我的兄弟。我们以后不费任何周折就能给你娶个老婆。"他说。

我的母亲看起来并不高兴，她可不想让话题这么提出来。我快速扫视房间一圈——我的母亲、阿克巴以及他的妻子鲁基亚，心里知道自己将要遭到伏击。这早已计划好了。

他们对我说，他们不想干涉我的生活，不想打搅我的事情。但唯一的牵挂是我应该幸福，而没有家人谁又能幸福呢？日子一天一天过去，我开始觉得这个话题不会提起，因为过了这么久见到我，他们决定最好别提此事。无论如何，我已经打定主意，如果这个话题真的提起来，我会对此轻描淡写一番，就当是家里的一桩笑话，然后便溜之大吉。所以，他们的突然袭击让我先吃了一惊，继而我赔笑坐下来听着，并未过多去抗议，打算靠自己的超脱和漠然向家人表明，他们这是在白费功夫。

我的母亲最为热心，一心想要说服我。这个事情对她来说非常要紧。鲁基亚（早些时候）会插上几句尽职的话表示支持，她的脸上洋溢着鼓励的笑容。阿克巴则自得其乐，一会嘲讽一会吓唬，他虽拿我的荒唐处境取乐，却也忍不住要扮演一个深谙世故的男人，一个有责任心并让浪荡兄弟尽早回头的居家男人。你在那边做的那些肮脏事，可不能一直这么做下去，他说。

"阿克巴，别恶心人。"鲁基亚警告说，又瞥了我的母亲一眼。

"你快老得打光棍了，然后你会成一个小丑。"他继续说道，丝毫不理自己的妻子，"去追那些年轻的丫头，人家只会在背后唾弃并嘲笑你。"

我必须说，那时我差点收起自己优越的笑容，以便可以说上几句话，去制止他自鸣得意的说教。但在讲不情愿的话或者说假话之前，我不能那么做。所以我尽量保持那份超脱，会心地发出呵呵的笑声，仿佛阿克巴对我生活的描述也并不离谱。是的！那就是我，一个在城市肮脏街道上晃荡的人。接着，我看到母亲眼中的恐惧，并希望我刚才抗议才是。看见她厌恶的表情，阿克巴也笑出了声。妈！这只是个玩笑，他说。

"你快老得没人愿意嫁你了，"她说道，坦然地盯着我看了许久，"你觉得她的家人反对这个提议？你离家太久了，他们过去不知道你成了啥样。我们也谁都不知道。他们当时担心失去自己的女儿，他们担心你会把她带到那边，担心那会是他们最后一次见她。不过，他们也担心你的年纪。

"我不怪他们。"我说道，并装出轻松的笑容。爱玛！"这些担忧非常合理。不过，我们为什么不把这事搁到一边，然后让他们别再担心呢？"

"我们和他们谈过了。"我的母亲说。

"我们说服了他们。"鲁基亚说，想更精确一些，而且这次她没笑，"你必须让她上学。"

"老天，她多大？"我问。

这就是条款，如果见面以后她想嫁给我，我就必须同意供她读个医学学位。她已经在大学医学院读了一年，所以完全具备入学资格。（你可以想象英国医学院那些自命不凡的家伙会怎么评价那些入学资格。）顺便说一句，她二十岁。我想起爱玛曾经取笑我，她说如果我留在国内，我现在会把一个十七岁的女孩从学校娶回家，并让她成为我的第三任妻子。对爱玛的回忆和思念使我心痛不已。

"我们还告诉他们，你在英国取得了辉煌的成就，"阿克巴说道，他的笑声表示又要讽刺我，"你如何写信给各路报纸，如何乘坐马车在伦敦出行，并和女王一起喝茶。"

"我希望你没这么做。"我说着，撇下阿克巴不理，转向我的母亲，"我现在不需要老婆。如果需要的话，我会自己找一个。我太老了。她的家人应该替她找一个和她年龄差不多的男青年。"

"她想读书。"鲁基亚说。我从她的语气中听出了一丝愤怒，莫非认为他们做了这一切，我居然还忘恩负义？"她已经拒绝了两位男青年的求婚，因为如果她嫁给他们中的任何一位，她都无法继续读书。她想在英国读完书，然后当一名医生。"

她的名字叫萨菲娅。她和母亲次日下午会登门拜访。（我正在考虑与总理确定会面时间，我说。不过没人理会。）她们出于礼貌，要借口我回国上门拜访，但我得露个脸也好互相打量一番。然后，我们才能见面。

"爸对这事怎么看？"我问。我用这个代词称呼他时别扭至极，并避免看到任何人的目光，但那一刻转瞬而过，我为能这么做而自觉品格非凡并且具有牺牲精神。

"他觉得这很有意思。"阿克巴说,"但要他为婚礼掏腰包时,他估计定会转喜为忧。"

"他认为该是时候了。"我的母亲笑着说。我可以看出,她对事情的进展甚是欢心,而且我也并没有过于固执。

后来,我琢磨自己当时为何没有更加固执、更加坚决地拒绝谈论这事的可能性。也许,我在好奇她会是什么模样,她是否会看着我发出扑哧的嘲笑,或者忍住尴尬的浅笑,或者是否她会对自己的好运欣喜不已。但最重要的是,我之所以没有过于固执,是因为我确信自己不想和这事有任何瓜葛,并自信我会找到一种方法,在适当的时候将自己的心意毫不含糊地传达给我的母亲。我会告诉她,自己心脏不好,如果这还不够的话,我会编出一种疾病说我不育。这个说法肯定管用。那天晚上我躺在床上时,我玩味着娶个年轻妻子的想法,不禁觉得这个想法过于可怕。我会在各个方面让她失望。如果必要的话,我得向他们提起爱玛。爱玛!自从回家以后,我一直没能联系她,因为家里根本没有电话,尽管我猜如果有急事的话,我可以在什么地方找个电话。由于身边发生的事情让我分心,我甚至没给她寄明信片,但我是如此渴望回到她的身边,以至于我并不觉得明信片比我本人会更快到达那边。但当我想起她时,我内心充满了焦虑。我们已经忽略彼此过久了吗?我不在时她会称心吗?

萨菲娅和她的母亲在下午晚些时候来了，这是妇女相互礼节性拜访的惯例时间：白天的家务都已做完（尽管仍有晚饭待热），家里的男人午睡结束，已经出去散步或坐在咖啡馆里，孩子们则在街上嬉戏玩耍，所以女人们这会儿可以歇息几个小时。阿克巴已经出门转悠，所以我上去和继父坐着，直到有人叫我去会客。我的继父下午晚些时候也在商店待着，不过为了更加惬意，他会坐在外面的长椅上，而不是坐办公桌边上。年老多病的他已没法出门散步或去咖啡馆，但早上有些访客会顺道过来，继续他们之前撂下的谈话。当街对面的咖啡店老板看到有人来访时，他会走过来给访客倒一杯咖啡，在大多数情况下也会把继父的杯子续满。他与我的继父结账方式神秘，我也还从未见识过。不过他们消耗了大量的咖啡。咖啡店老板不在的时候，我的继父总会派人上楼把那口硕大的保温壶拎过来喝。

　　鲁基亚来找我的时候，我的继父咧嘴一笑，但什么也没说。这两位客人还没有摘下她们的头巾，她俩并排坐在沙发上。我走进去的时候，这位母亲缓缓地起身，慵懒而自信。她把手伸给我，我低头弯腰，做出吻礼姿势，然后放开了手。她是人母的典范，中等身材，举止庄重，笑容可掬。我转向萨菲娅，她把手伸给我，不过并未起身。我们握手时，她抬头看了我一眼，然后又把目光移开。我坐在母亲对面的椅子上，听着她谈话中的客套礼节，好像这门亲事十分棘手。片刻过后，萨菲娅的母亲接过话茬，当我听到两位女士谈论着我已听过无数遍的事情时，我感到自己也不再那么紧张。

她看上去不像二十岁，更像十七岁。她脸面瘦削，静如止水，头巾遮得很严，什么也看不见。等她终于露出微笑时，她笑得十分缓慢，好像在克制自己。鲁基亚走进房间，端来了零食和茶水，她俩互看了一眼，然后会心地笑了。鲁基亚的出现改变了两位长辈的谈话节奏，不久她们谈话中就连说带笑，仿佛完全忘记了我一样。萨菲娅讲话声音很轻，拿捏着分寸，好像是在琢磨自己该说什么似的。她的眼睛现在很有活力，等听到什么打趣的话，便会闪现出亮光，然后随着谈话的进行，又变得沉郁而稳重。坐在她们中间，被召来履行这个差事，我顿觉自己荒唐可笑。

我的母亲把我引入谈话之中，宣称我在伦敦教书。谁听到能不为所动呢？甚至连萨菲娅也开口说话了。我在教什么？她问。英语，我答道，并看见她显出同情的微笑。

"你是说一个外国人给英国人教英语。"她的母亲说，这在任何讲话的人看来都认为是一个原创笑话，"难道他们连自己的语言也不会说吗？"

"你在哪里教书？"萨菲娅问。

"在旺兹沃思。你了解伦敦吗？"

她摇了摇头，露出尴尬的微笑，像是被我逮住冒充对这座大都市非常了解似的。"不，我不了解。"她说，"你是在大学教书吗？"

"一所中学。"我说。我真心希望自己可以说，我在伦敦大学学院教授神经学，业余时间在盖伊医院的诊所行医，当我问诊的某个病例引起公众关注时还会上电视。也许，那样的话她就不会向我投来那种让人不安、面带忧郁的微笑。这个时候，应该介绍一下我教书的学校以及我的那些野蛮学生。也许在这番描述的结尾，我完全可以插上一句，说这份工作如此让人心力交瘁，以至于我居然得了心脏病（但愿不会如此）。这准能应付所有的婚姻话题。但我不能这么说。骄傲不许人这样做，我想。除此之外，我显然已经陶醉于让这位年轻姑娘喜欢上我的想法——这当然只是一个假设，因为我必须得说，最终这绝无可能。我们的熟人让我们往这方面发展，并留给我们空间让对方喜欢上彼此，这肯定会有所帮助。从某种意义上说，这让此事变得更为轻松、更为抽象。

"伦敦的中学甚至比我们的大学还好。"鲁基亚说，热心地为我救场，"那儿的大学是世界上最好的。"试想可以从伦敦获得医学文凭！这句话没有说出口。我向萨菲娅投以微笑，以证实鲁基亚的见识。令我惊讶的是，她高兴地笑了。笑容传遍了房间，大家面面相觑。爱玛，我多么想念她。

她们走后，我说自己需要更多时间考虑。"考虑什么？"我的母亲恼怒地问，"难道你不喜欢她？"

　　"她看起来十分可亲，人也漂亮，但……我还不太了解她。"我说。

　　"了解她！你想了解她什么？我嫁给你的父亲时，连话都没怎么说。"

　　没错，但看看后来发生的事情，我想这么说，但没有开口。那样只会把整件事情置于另一个严肃的层面。无论如何，我觉得同样的想法也刚掠过她的心头，因为她欲言又止，并沉默了下来。阿克巴耸了耸肩，鲁基亚则一脸失望。她为什么在乎？也许，只有两个人联姻的喜事才会让她产生兴趣；也许她只想让每个人都像她看起来那样快乐。

　　"你说的时间是什么意思？"她问道，"那得多久？"

　　"我不知道。但得有足够的时间让我知道该做什么。不过，我倒希望她会明天送来口信说她不感兴趣。"

　　"这不是你的问题。"鲁基亚第一次气愤地说。

　　我要求更多的时间，绝对有错。我本该说，自己对娶她或别人都不感兴趣。她们能不能不要再为我找老婆了？然而，甚至在萨菲娅和她的母亲起身离开之前，我就发现自己在寻思她可能是一个让我着迷的女人，而且在她们走了以后，我仍然没法打消这个想法。我喜欢她隐藏部分的身体、不让自己受到伤害的那种自信。她的举止暗示说明危险就在附近。这并不是说她显得担惊受怕，而是她似乎意识到自己身处险境，并想在歹徒突然袭击时可以冷静行事而已。是的，一种面对险境时的无能为力。那个总在你身旁走的第三个人是谁？①也许我希望她也会这样，因为我时常感觉如此，但你坐在那个房间里，让你的生活被我这样软弱平庸的人审视，这肯定有点像直面那位始终跟踪你的劫匪。然而，我还是忍不住玩味娶她的想法，尽管一想到她的青春年华就让人犯怵。我会在各个方面让她失望。不过，那天晚上我躺在床上，想象着自己在英国不感到如此另类会是什么样，与一个可以随意交谈的人生活而无需过多解释会是什么样？想象着不在英国生活，而在这里融入人群，无需永远处于焦灼当中并深感自己处于其中又会是什么样？

我只是在玩味这个想法，可一旦开始之后，我发现自己思忖的更多：如果我回来，我要住什么地方，我要干什么工作——也许那个翻译项目还值得考虑。那只会持续一段时间，直到总理和某个人说句话，并让我去干要求更高的事情。如果我回来，肯定要干要求更高的事情，否则意义何在？我的妻子会成为忠于职守的年轻医生，正如所有的医生

———————————————

① 此处这句"那个总在你身旁走的第三个人是谁？"（Who is the third who walks always beside you？） 出自艾略特的长诗《荒原》（*The Waste Land*, 1922）的第五章《雷霆的话》（*What the Thunder Said*）。

那样，她对微薄的酬劳毫不在意，尽享自己人民的感激和热爱。

第二天早上，当我去和继父坐着时，他情绪低落、沉默寡言。我以为他听说了我的托词后对我十分生气，不过我理解错了。"你听到谣传的消息没？总理已经被人逮捕。"他说，"现在他们又要抓人了。"

"为什么？"我问。我的约会咋办，阁下？或者不管如何称呼这位总理。"他做了什么？"

"大概也没什么。他们做这些事不需要理由。对他们而言，这只是一种乐趣。他们抓人或杀人全都随心所欲。这听起来倒有点合情合理。"

整个上午都有报道跟进。继父的每位访客来时会补充上一些，走时又会捎带上一些。这些报道不光散布就行，来源和可信度也要予以审查，也即故事是真是假。继父的那些访客虽说大多和他年龄相仿，但他们的兴奋与他超然的平静迥然有别。有些故事甚至可以让吃饱的树懒动起身来。据说总理一直在和军队某些人策划政变。（针对谁政变？他是总理。）或者他一直在向我们的敌人兜售国家机密。（什么国家机密？什么敌人？谁会如此关心我们国家并愿意花钱去了解它？）或者他已经卷入受贿漩涡，并因犯错而被捕。或者更为戏剧性的是，他无意中侮辱了我们联邦共和国的总统，众所周知总统绝不容忍任何侮辱，不论有意与否。

这些劲爆的故事有不同的版本，我的继父听完就平静地传送出去，随着上午日头变大，他的访客也愈发兴奋起来。直到后来，我才得知出于某种原因，他正在服用镇静剂，这些自己开的处方药还是他用老办法得来的。午间祷告回来之后，我走进他的房间，当时他正靠着收音机在听新闻。"他们宣布什么没？"我问道，顺便坐在他旁边。"没有，"他说道，又把身体挨近收音机，"去吃午饭。"只要他愿意的话，我的继父可以让人着迷。

午饭期间，阿克巴讲述了自己的版本。他的故事听起来不仅更为权威，而且要比那些老人从商店带到咖啡馆再到办公室的荒唐故事更为详细。根据阿克巴身为技术官员的描述，总理曾经试图立即通过一项法律，以便让政党的组建合法化，当然要除了革命救赎党以外。我们联邦共和国的总统不喜欢这种论调。据报道他曾说，这与我们这代人一直努力的方向背道而驰。它背弃了我们的所有原则。所以他命令我们本岛的总统，不管捏造什么样的罪名，都要把他的总理软禁起来。"这已经酝酿了一段时间。他一直力图通过这项法律。这个或那个革命委员会的部长和成员，他们坐在自己肥硕的屁股上，一点也不喜欢这项提议，他们琢磨着自己将要被人剥夺的廉价惊喜以及他们无法继续盗取的钱财。他们绝不会让他得逞。事情随即发生。这每个人都知道。"

"嗯，我不知道。"鲁基亚说道，对阿克巴自鸣得意的语气甚为恼怒，"政党合法化有什么意义？我们只会再次目睹那些可恶的争吵，然后那帮怪物会被激怒，并像以前一样做他们的生意。不管怎样，"她转身对我说，语调依然强硬，"萨菲娅今天下午要过来。"

她一个人来了，显得与之前一样优雅和坦然。我在寻思她的母亲是否知道她在何处。当我和她握手时，她微微一笑。鲁基亚忙活了一会，然后就离开了。不久，她从厨房叫出我的母亲，她俩甚至还设法让我们单独相处了几分钟。我们主要谈论在英国求学的事情：费用、入学要求等诸如此类的话题。这是一场乏味的谈话，但我想这表明了她的心思以及她向往的方向。我喜欢她，因为我对她心存渴望，我为自己背叛了爱玛而感到羞愧。当她准备离开的时候，我确信自己知道她对求婚会如何作答。并不是说我对这些事、对女人一无所知。爱玛是我唯一碰过的女人。她仍然是。什么会促使像萨菲娅这样漂亮的年轻姑娘——是的，她十分漂亮——想和我这样的男人发生关系？难道只是教育？我并不是说只是因为我的年龄，虽然我比她要年长很多，而是因为我觉得任何人都可以看出我是一个无精打采的笨蛋。只有爱玛让我感动，有时她让我感动得泪流满面。

也许正是一种顺从的习惯让萨菲娅同意，或者看似同意一桩如此不公的婚事。也许，正是同样的这种习惯，我从小将它习得后又带到了英国，由于没有机会习得成年男性的全部力量，它让我在与爱玛的多次对抗中只会退缩。无论如何，显然我必须得阻止整个事情的进一步发展。不是因为我害怕我的行事会忘乎所以，并且无法抵抗他们安排的这门亲事的诱惑，而是因为我担心如果事态继续发展下去，他们将会体悟更为深重的背叛。我本想说自己没觉得她有多美，但我可以想象鲁基亚脸上疑惑的神情。当我肆意盯着萨菲娅时，我曾看到她还偷偷带着会心的微笑扫了我一眼。

如此一来，只能告诉他们有关爱玛的真相。不知何故，我一直认为我会告诉他们，也许我也想告诉他们。我本打算在本周末离开，我本想推迟到接近离开时再告诉他们，但我认为我不能这样做，因为他们已经把萨菲娅的事情搞得一团糟。"我要去散步。"我说道，免得我的母亲或鲁基亚再问我原委。我希望自己离开那里，回到巴特西和爱玛在一起，回到自己家里。我并不是说英国是家园（你可以卷起红毯，或者乐意的话勾销档案赶人，就当是对异化土著的指责好了），而是因为那里是我和爱玛生活的地方。那是我人生中最隐秘、最完整、最真实的部分。现在，我深知这一点，我想说完该说的话并做完该做的事，然后回到她身边，离开这不再是家园的地方。

第三章

　　总理当晚出现在电视上，虽说有点怒容，却精神饱满。他对于自己被捕的谣言以及渎职和误判的传闻只字未提，但他在讲话中有几处重要的停顿，并把重点放在对于中伤的自我澄清上面。他的政府推出的全新发展计划将如期实施，所有的手续现在均已完成：救国革命委员会已经批准，我们的总统已经签字，联邦共和国的总统已经盖章。当天上午早些时候，他已经接待了外交使团的多位代表，他们前来表达支持并提供支援。举国人民、人民代表、人民领袖和捐助方代表团都十分中意这项新的计划。如今，唯一需要做的事情就是，全国人民要以绝对的热情和自我牺牲精神，参与到摆在他们面前的任务当中，毫无保留地投身于爱国主义事业，那么繁荣和进步终将到来。他所承诺的事情非同小可，而是承载了我们所有的梦想：我们的儿童会有更好的学校、人民将有更好的医院和医疗服务、人人都有足够的食物、全国每个家庭都有充足的住房、供电和自来水以及对外依靠的终结。如果我们都参与其中并齐心协力的话，这并非一个毫无可能的梦想。在神的帮助下，在捐赠方代表向他承诺的资金支持下，这个梦想在不久的将来就有可能实现。

当我听着他的发言，语气真切得像个讲真话的人，但怒吼当中却又口是心非，我感到自己喜欢作乐的部分正在削弱并退缩。这是一种价值有限的能力，在正常情况下我只能掌管一小部分，但看着屏幕上的这个男人为挽救自己微不足道的生命而对着世界大肆呵斥，它竟然让这一部分瑟缩别扭起来，变得顺从、可鄙。他令我如此讨厌自己，以至于我竟会坐下听他讲话，并且感到一种双重的不安，不仅因为我会辜负他欺人的愿景，而且我也没有起身离开或朝那抱怨的图像啐他一口。

现在看他的脸面，让我想起了当年上学的他。我刚读书那会儿，他已经升入高年级，一个又高又瘦的男生（我当时个头很小），与那些年纪相仿、趾高气扬的纪律委员、班长和学生会主席相比，他显得斯文而有礼貌。也许我应该去见他，告诉他我喜欢那位市政长官远胜过气势凌人的总理。这个季节天气不是很干燥吗？你打算什么时候疏通这里的马桶？他以一句简要的祷告结束了自己的演讲：愿神保佑我们的努力。随后，我也为他说了一句祷告：愿捐赠方提供足够的资金让他的工作负担可以承受得起。

总理后面跟着一名衣着如伊斯兰酋长的男子，这名男子穿着镶银线的长袍，戴的硬帽上缠的包巾很薄。演播室背光墙上挂着一张天房的照片，这位酋长仿佛从那块"圣石"进出来似的。你只要看他一眼，就知道他懂台词。他的嘴唇看起来十分卑鄙，或者无论如何，它们看似已经惯于说难听的言语，他的下巴上留着整齐的胡茬。我从他耳朵的大小看出，他不是一个倾听者。这人可没在开玩笑，他一张嘴就是专制的语气，而你则不得不往后靠。他说出的言语简单而冷酷，犹如垂死的巨龙吐出的气息。（并非我遇到过这样的巨龙，我的意思是这都是气力将尽的喘息，它们抓住权力的记忆，听起来只会让人觉得恐惧。）神为我们选择了君王。这正是为何他们是我们的君王。我们在神面前的义务就是服从他们。

"我们如何答复萨菲娅的父母？"我的母亲问道。

正是以这种随意的方式，我被邀去把绳索套在萨菲娅的脖子上，并把她拖入自己生活的混乱之中。诚然，母亲的问题正把此事拖入一场危机之中——我的危机，而不是引向一个解决办法，她认为可以强求得到的解法。无路可逃。我的观众等待着：鲁基亚、阿克巴、我的母亲。难道不用找来我的继父吗？难道他不该在行刑现场，聆听我在屈服之前祈求宽恕吗？他们等待着，赞许的话语交织着辛酸的责备。

我打起精神，把实情讲给他们，掂量着由此产生的冲击。情况就是这样，事实就是如此，它比你们想象的要更糟，对此你们却无能为力。

"我和一个女人在英国生活。"我说道，自己说这番话时听起来有些奇怪而且十分残忍，"她的名字叫爱玛。我们在一起已经生活了二十年，我们有一个十七岁的女儿，阿美莉亚。"

电视上的男子沉默了片刻，我瞟了他一眼，看他对这事是否有什么看法，但他只是强忍着继续说。"我非常爱她，"我说，"我迫不及待地想回到她身边。"

正如我所料，阿克巴笑出了声，犹如一个久经世故丑陋男人的嚎叫。鲁基亚做了一个鬼脸，表情介于失望与厌恶之间。我原谅了他俩。我的母亲垂下了双眼。

"你为什么不早告诉我们？"阿克巴说道，语气之中怒不可遏，"你原本可以不用给我们制造这么多麻烦。这一切就发生在你身边，你保持沉默是什么意思？我们现在怎么告诉她的家人？"

第三部分

"我们衣着光鲜亮丽,想要被当作更好的绅士看待;我们使用很多垫条和衬里,以显得体型更匀称、肩膀更宽阔、腰身更苗条、大腿更结实;我们经常刮胡须,以显得更年轻;我们里外都喷上香水,让自己更好闻;我们穿上木跟鞋,以显得更高大;我们礼貌地行礼,以显得更友好;我们低贱地顺从,以显得更谦卑;有时我们在交谈时庄严肃穆,以显得更睿智也更虔诚。"

约翰·哈林顿爵士①,《戏剧论》(约1597),选自《约翰·哈林顿爵士书信名言集及私人生活赞歌》,诺曼·爱格伯特·麦克卢尔作序并编辑 (1930)。

① 约翰·哈林顿爵士（Sir John Harington, 1561—1612）,英国王室朝臣、作家和设计师，因发明抽水马桶而为人熟知。

第一章

从家里到机场，一路上让人焦急万分。出租车来晚了，破旧不堪，每到一个关卡，似乎震颤的马达都将要停止运转，但经过几番挣扎，它竟拖着残壳到达了机场。登机口拥挤不堪，人群一片混乱，大家从各个方向推搡着，拖着行李连跌带绊地挤到值机人员跟前。那人镇定地坐在工作台后边，不慌不忙地仔细核查递给他的文件，一脸对自己的工作十分满意的神色。海关更是让人棘手，要求打开行李。（面对简洁的盘问，我笑容可掬地回答，最终得以顺利通关。）移民局人员极其认真地研究了我的健康证明，也许是担心我在那片病害肆虐的土地上保护是否充分。接着，安保人员要求我上交本地的钱币，不仅因为我带在身上属于犯法，而且已经毫无可能再出大厅去银行柜台兑换。我们在拥挤的候机室等待时，大家或安静地坐着，或在人群外围踱步，有的一边抽烟一边望着窗外，仿佛我们在等待最后的航班，远离一场即将来临的灾难。

飞机上更是混乱，大家为争座位和行李架吵个不休。本来登机牌上标示了每位乘客预订的座位，他们不过是害怕被官员欺骗而习惯性地养成了一种焦虑而已，其中可能也不乏一些生性固执、喜好吵架的乘客。肯尼亚航空公司的工作人员置身事外片刻之后，就以不近人情的礼貌介入其中，不到半小时就设法让所有人都安坐下来。我发现自己正好处于中间的座位，靠窗那边坐着一个漂亮的印度女人，过道座位上是一个六十多岁（据我猜测）体形偏胖的男人。当我坐到这男人边上时，他不客气地瞪了我一阵子，并在飞行途中不停地放臭屁来惩罚我。过一会儿，我就能看出屁马上就来。他稍微挪动一下，就说明那浊气已经在半道上了。似乎每次他略微调整一下自己的身体，就会放出几股毒气。你可以想象，等他吃完航班上的套餐，我的旅途生活只会更加艰难。随后的七个小时里，我学会了尊重这个男人的那份气定神闲。

印度女人则更为有趣，不过当臭屁开始时，我担心她认为我是肇事者。我必须得说，在我确定无误地定位污染源之前，我还真琢磨过是否罪魁祸首是她，所以她一定对我也抱有同样的想法。她的名字叫艾拉，等我们聊了几句后，我很快便得知她住在伊灵①，是一家国际通信公司的系统设计师。我告诉她，我住在巴特西，步入职场后一直在旺兹沃思的一所学校做苦工。在我们的交谈中，我感到我们是两个陌

---

① 伊灵（Ealing），位于英国伦敦西边的辖区，是富人喜欢的居住区，而且那里也是很多知名电影的片场。

生人，相逢于离家很远的地方。

"你来这儿出差吗？"我随口问她，因为我无法想象会有公司愿意在我们的小岛上建设一套设计非常精密的通信系统。按我的猜想，通常应是一个斯堪的纳维亚文化基金会设立什么名堂的项目。

"不，我是来探亲。"她说。

"探亲！你是本地人？"她的头发剪得很短并定过型，不过我没法说出是什么发型，因为我对这些东西全然不熟。她说话的语气坚定而从容，神色显得自信而有修养，那是一种你希望在剧院、机场或餐厅里可以显露出来的神色。

"不，我出生在内罗毕，"她说，"但我有个姑妈还住在这儿。"她在说"还"时停留了几秒，接着又说了下去。"除了她以外，全家人现在都离开了非洲，去了英国和加拿大。她说自己岁数大了，没法从头开始，而且她不喜欢寒冷。"

这是一张见过世面的脸，我的意思是我猜她体会过一些痛苦。我肯定在不经意间端详了她，因为在说完她的姑妈不喜欢寒冷之后，她回头看了我几秒钟，随即眉头一挑，这是我见过针对"你在瞅什么？"这个问题最优雅的表示。慌乱之中，我不再多言。

等有机会再搭话时，我问道："你的家人是什么时候离开内罗毕的？"

"独立后的头几年，"她说，"当时我十岁左右。"这么算来，她大概三十八岁，虽说她的脸面看起来上下增减五岁都没有问题。"我的父亲在英国学的地质学。我估计他本想去一家采矿公司或类似行业工作，但等他回到内罗毕，他的父亲需要他做生意，买卖农具、马达之类。这事关系重大，却不是我的父亲真正想做的。他认为自己该担负起家庭的责任。等我的祖父去世后，他就做这档子生意一直到独立以后。后来，情况就更艰难了。"

她扫了我一眼，寻思她是否应该继续下去。她语气非常轻松，仿佛在谈论日常琐事那样，比如去修车行的经历或者瑞士航空比起英国航空所具备的优势等等，而非在谈论自己的家族历史。我没有太多的旅途经验，但我确实想知道一起乘坐一架无名的飞机是否会对人们产生这种影响。在之前从伦敦起飞的航班上，我和那个笑口常开的男人也同样是倾心而谈。"你意思是说对印度企业有所迫害？"我问道。

她点头表示同意。"当时确实有很多限制性的法规。而且进货也很难，所有的官员从上到下，人人都想捞点油水。独立三年以后，我的父亲在重压之下心脏有了问题。他才四十三岁。就是那个时候，他和我的母亲觉得该是时候离开了。"

我想告诉她，我只有四十二岁，就有了心脏问题。又是心脏毛病，后果虽然还没有阐明，但等我返回文明社会以后迟早会知道。你听见我哀怨呻吟吗？你听见我计划离开吗？

"你刚到英国的时候怎么适应的？"我一边问道，一边克制自己可笑的愤怒，因为艾拉自然的声音和她可爱的面容让我为之欣喜。我脑袋当中有很多东西有待迸发，但我很高兴可以随意将其压制下去。

回忆过去时，她不禁笑了。"他最终在一家矿业公司找到了工作，"她说，"我记不得他申请了多少份工作。他的年龄对他不利，他也没有工作经验，但他最终还是找了个工作。这是一家印度公司，在西非开采磷酸矿，总部设在伦敦。我的父亲只负责设备订单和供货等行政工作。所以，他没能成为一个地质学家，但那是一家采矿公司。正是那个时候，我们搬到了伊灵。"

"哦，那你现在和父母住一起吗？"我问。

"不，我独自生活。"她漫不经心地说。但我心里想，这就是我看到的痛苦，因为我是个眼尖的讨厌鬼。"我的父亲大约十年前就去世了，但我的母亲仍然住在他们很多年前购买的那栋房子里。我的哥哥一家也住在那里。话说到这里，你让我一直说自己，你却什么也没说。"

"我是个无趣的人。"我说。苍天！难道我因为无趣，麻烦还不够多吗？"我的意思是，你刚去英国的时候怎么适应呢？说实说，你也没讲什么。我倒还想多听一些。"

坐我旁边的那个胖子肯定对这一切有自己的看法，因为他不声不响地投了一个臭弹。他肚子里一定有东西在腐烂。谈话由此停歇，我们都本能地闭上了嘴，以防毒气进入我们的喉咙。我们无助地坐了好一阵子，在这污秽的浊气中苟延残喘，直到航空公司的供餐服务让我们忙乎了起来：一个餐盘里摆着几个很小的塑料碟子，里面盛着名字华丽但看着让人反胃的食物，还有味道很浓的劣质红酒，这倒是很受人欢迎，随后舱内灯光变暗，航班又放起了电影。艾拉几乎没动她的盘子，我和她达成了共同的目标，于是两个世故的都市人拒绝了为品味低下、体貌粗野的平民准备的粗食。随着深夜来临，我对此十分遗憾，尤其当我发现艾拉是个素食主义者，而且也还没饿到因为托盘送来非素食物而大惊小怪的程度。另一位邻座的乘客则在有条不紊地进餐，以备在一大清早释放更多的毒气。

不管怎样，在灯光变暗、视频播放以后，艾拉便蜷缩起来，闭上了眼睛。我也试着如此照做，但当我这么做的时候，前几天在我黑暗的脑壳中耐心潜伏着的回忆却一下子全都活跃了起来。

我不介意阿克巴的愤怒或鲁基亚鄙视的眼神。我在乎什么？我惊讶地听着阿克巴喷过来的恶语，看着他变得勃然大怒。我把所有人都给误导了。我误导了那位年轻的姑娘，给两个家庭带来了耻辱，尤其是让我的母亲和父亲蒙羞。难道英国把我造就成了这个样子？一个无礼、无情、无耻的野人？一个敌人，那正是我。敌人！现在，继一切发生之后，我却宣布有异常情况。一个英国女人！我的母亲起先什么也没说，但我琢磨她在想着，我以前离开过她，接着回来之后，现在又要离开她，就像当年我的父亲那样。等最后开口说话时，她说我从一开始不说自己已经娶了个英国女人就不对。她不知道自己对此有什么看法。她感到有些恶心、欠安。我怎么可以这么做？即便娶个犹太女人，我也不会做得更糟。不过，我还是应该从一开始就告诉他们。也许，在他们经历厌恶和失望之后，他们肯定会送上祝福，或者至少说一下他们的感受。现在，那个可怜的女人对他们这么多年对她不闻不问有何看法？觉得我们没有文明和礼仪？而我是个可怜的流民，没有故乡或家人？那个孩子呢？她还不认识自己的亲人，而且我的母亲却永远无法与她畅谈？她对他们这么多年对她不闻不问又有何看法？这些年来，他们始终在担心，或至少她在担心，我孤苦伶仃地在异乡生活，因为我的家园已经成了一场噩梦。但我已经找到另一个家园，也许为了一个英国女人早已忘记了他们。透过所有的责备和伤人的言语，她的名字在我的内心默默地尖叫。爱玛！爱玛！

我想告诉我的母亲，爱玛和我并未结婚，这么多年我一直在向她编造家人的谎言，我是一个可怜的流民，过着奴役和虚妄的生活，一个陌生人、一个异类，在那边既没有名望也毫无用处，但我已经别无选择。那是如今我唯一知道如何要过的生活，我比任何时候都想回到她的身边，去挽回仍然可以挽回的东西。然而，母亲愤怒而伤人的话语却让我静默。她还有更多的话，而且她的责备似乎永无休止，尽管后来我知道她不可能说那么久。最后，我的母亲说，既然我已经忘了她这么久，她也要必须学会忘记我。她要学会不再把我当她的儿子。如今，我四十二岁，她却不认我了，苍天！

然后，他们仨都起身去了我继父的房间。我听到收音机关掉了，门关上后还插了闩。这是散步的大好时光，我可以远离这场正在酝酿的可恶闹剧，还可以反思所有说过的言语，并去感受信息如潮水般释放与接收时带来的那种在所难免的冲击。言语正是如此。即使一股脑涌来，它们也会在无限的记忆角落驻留，然后三三两两以全副装扮再次返回，每一小撮都会浮现出来，并以恶毒反复侵蚀人心。

但当时已是深夜，外面的夜色黑暗而空寂。之前的一个晚上，我曾独自出门散步，而电视正在播放《达拉斯》①，家里每个人都沉迷于它不可思议的诱惑之中。当时可能不到九点，我走在空旷的马路上，而不是蜿蜒曲折的小巷里，然而到处都弥漫着一种令人既紧张又期盼的寂静，仿佛那些涌入我们卑微生活黑暗小道上的劫匪正在昏暗的街头等候着。

---

① 《达拉斯》(*Dallas*)，于 1978—1991 年播出的系列美剧，在 20 世纪 80 年代可谓风靡全球。

不时有人影窜入空旷的大街，那隐秘的暗影沿着墙边移动，我虽不太确定但也明白，这些潜行的人影冷酷无情地品鉴着人世的痛苦，伺机掠食那些穷困潦倒之人。一个男人蹒跚向我走来，即便在那种光线之下，他看起来却年轻而熟悉，也许是我过去认识的人，但他的脸上满是瘀青，浑身又脏又臭。他张开口说话时，我看到他已没了门牙。亲爱的，他说着伸手拉我的胳膊。亲爱的，我亲爱的，别只从我身边走过。我站定瞪着他，自己浑身上下因冒犯、憎恶以及些许焦虑颤栗起来。抱歉，我说着急忙走开了，然后听见他在我身后大声号啕起来。

我回到家里，发现自己的缺席并未引起注意。由于没带钥匙，必须得敲门进屋，这不免让人惊愕。没人会在晚上那个时候来访。当我步入家门时，我不得不听上一通这个钟点街头充满各种危险的教训。那天晚上，噩梦般的画面向我袭来。等我闭上眼睛，突然浮现的并非怪诞或可怖的身影，而是各种各样的面孔。并非陌生、威胁或嘲弄的面孔，它们态度强硬、毫不原谅，注定让人痛苦不已。

所以，当我的恶行被投诉给继父时，我只好考虑把散步当作一种绝望的出路。这个钟点他们可能不让我进门，那我便只好与那些劫匪在街头游荡了。电视上播着另一部美国肥皂剧，但我对这些东西一无所知，所以也说不上名头。有那么一瞬间，这台电视机荒谬的奢华不仅显得让人厌恶，而且还在刻意嘲讽，不过只是一瞬间而已。这与我毫无关系。对每个人而言，这个虚幻世界之所以显得真实、有趣，也许正是因为它从各个方面祛除了那个地方生活的贫乏。或许，它只是让人忘却这种生活，并将其变成毫无可能、荒谬不堪的东西。

我没有观看播放的电视剧，便去自己的房间等待命运的降临。我回到房间时，爱玛像往常一样在等我。每次我出门回到房间，似乎她一直就在那里等着我回来。然后，我们共同生活的情景会浮现在我的眼前，让我内心充满了恐惧和渴望。有时，我觉得听见她在半夜哭泣，并非大声的啜泣，而是哽咽着说话，并且泪流满面。我不大记得她哭过。我才是那个流泪的人，而且最近爱玛对于我情绪失控十分恼火。这多么有趣！

我以为在他们痛苦地讨论过那个邪恶的英国女人之后，舅舅哈希姆会一瘸一拐地走到我的房间，一边咒骂一边挥起手杖打我。但我本该知道不会如此。我本该知道即使年事已高并且大量服用安定，舅舅哈希姆也不会忘记按照常礼行事，不会因为任性的继子与一个英国女人厮混而玷污自己的尊严。那天晚上，我梦见巴特西公寓的煤气灶爆炸了，地上和墙上到处散落着人体碎片。我梦见当我闭上眼睛时，这个场景就会消失，而当我再睁开眼睛时，又看到散落的金属和各种碎片。所以我一定在那里的某个地方，但我看不见自己。

用那句老套的话来说，他们把我送到了考文垂①，言下之意是他们拒绝和我讲话。早上我去向母亲行吻礼时，她不情愿地慢慢把手伸给我，而且连眼皮都没有抬。我吃早餐时，她通常会坐在我身边（她早上不吃饭，这是个老习惯），这次她却坐在走廊的椅子上没动，从那儿可以将屋里来来往往的动静尽收眼底。我吃饭的时候，鲁基亚正待在厨房，当我把脏盘子拿进去时，她一言不发就离开了。连个招呼都没有，更别说过去那番针对谁该洗碗的斗嘴。正是散步的时间。我不觉得自己还能在那间破旧的商店与这位显要人物会面。因此，我去了肯尼亚航空公司办事处以确认自己的航班，逛了几家商店买了几件礼物，并琢磨着要去拜访总理，以便向他送上我的祝贺。我不在乎。

我走到海边的旧高尔夫球场，过去英国官员因公务滞留岛上常在这里打球，然后他们会去俱乐部歇息，提出改善当地人民生活条件的方案，并策划如何礼貌地开展他们的活动。俱乐部会所是一座木制吊脚楼，四周带游廊，绿色的草帘在晚上放下，以遮挡好奇者的目光。白天，它看起来像一座简陋的木屋，但到了晚上便焕发出帝国的魅力，并充斥着殖民地的神秘、猝不及防的退场、神情严厉的面容、秘密的

---

① 这里作者使用了英语俚语 They sent me to Coventry，意即家人拒绝和他讲话。

仪式和奇特的食物、远处传来的高谈阔论和骤然而起的狂妄笑声。起义之后，俱乐部莫名其妙地被烧毁了，一堆灰烬和熏黑的马刺在地上散落了好几周，直到后来被狂风吹走，或者被前去拾柴的人捡走。昔日的高尔夫球场如今变成了几个足球场，这种非正式改造不需要任何人的批准或资金支持，这从各式各样的破败门柱和角旗就可以看出。海滩上，渔民将舷外支架拖到柏树下，成群的乌鸦盘旋、吵闹并逗留在此，为的就是抢食渔民丢弃在沙滩上的鱼内脏。在英国人殖民的时代，这片海滩曾是优雅的散步场所，那些富足的居民开着他们的汽车，来海边散步以便近距离接触他们的主人。到了晚上，其他的汽车也会开过来，熄灯之后静静待上几个钟头。

如今，由十几根柱子撑着的茅棚占据了这片场地，茅棚下面有人在建造一套舷外支架。建造舷外支架算是一种粗活，如果你忽视历史的眼光，也就是说，这需要把合适的树木砍倒，并运送到目的地，需要手脑并用把圆木凿空，让它浮在水面以回应主人对手柄的操控。当我环顾四周时，我准备忽略一切，过去我们热衷潜入这片神秘的幽会地点等着遇上一场绯闻，如今我为它蜕变成乌鸦抢食内脏的水沟而惋惜不已。但这是后殖民时代的现实，边缘化的精英昔日专门用于情感消遣的地盘被征用，成了人们的生活空间——人们来捕鱼，乌鸦吃内脏。

别误会我。我吃了鱼肉，而乌鸦也有其用，尽管我年轻的时候常在噩梦中看到它们犀利的眼睛。我惋惜居然是这片有着纷扰回忆的古老海滩，惋惜它必须被征用来让回忆变得真实。正是在那里，当我爬上一辆寂静的汽车时，才发现其实一点也不安静；也正是在那里，我第一次听到滚石乐队的歌曲《满足》①，并且看到我的化学老师与一位不认识的女人（至少我不认识）不太庄重地抱在一起，这个女人后来还成了他的第五任妻子。这些事情也很重要，尽管后殖民现实不容否认。让我感慨的不仅是这片垃圾四处散落的海滩，不仅是记错了组织我们的事务似乎更为有序的方法，相较于放纵地沉溺于我们那个絮絮叨叨的时代，即便在那个时代我们可以闲谈每一种压迫和每一次失职，我感慨的并非只是对帝国专制秩序的怀旧，帝国可以通过发布强制命令和卫生条款来淡化矛盾，而是当我漫步在被毁的城镇废墟周围，我感觉像一个逃离自己生活的难民。这么多年在我的心目中，我熟知的那些事情以及我能区别对待忍受的地方，它们发生的变化似乎已经从我的过去当中被驱逐了出去。

　　我回到家里去找舅舅哈希姆。那时，他像往常一样坐在商店，只是这一次他没有访客，只有那个替他经管商店的小伙，我几乎没有听此人说过话。舅舅哈希姆漫不经心地回应

① 《满足》（*Satisfaction*），全名为《我得不到满足》（*I Can't Get No Satisfaction*），为滚石乐队 1965 年上榜的第一首歌曲。

了我的问候，然后面朝大路望了很长一段时间，他面色十分僵硬，眼里充满了伤悲。他突然开口讲话，语气十分亲和，目光从远方拉了回来。"在像这样的时刻，重温那些记忆会让我痛苦万分。"他说道，依然没有正眼看我。

在什么样的时刻？这正是他对阿克巴说的话，他一定很喜欢这句话的声音。然而，他的痛苦实在令人震惊。我已经习惯了他面无表情地精打细算，凡事总能应付得来，甚至在他健康每况愈下并依靠安定过活的空虚日子里也依然如此。瞧他每天安排得多么井然有序，上午从商店回来后祷告、午餐、听广播依次进行，午睡之后再听会儿广播，回到商店一直待到傍晚，然后回来再听会儿广播。他的生活充满了闲谈和对世俗的关注，充满了全球有关阴谋和叛国的猜想与谣言。在这个残酷的生意场上，他几乎没有时间和家人漫无边际地交谈。如今，他坐在那里，痛苦不堪，迟暮之年，饱受折磨。这令人震惊不已。他掠过我的肩膀瞥了那位青年一眼，此人大概正懒洋洋地靠在柜台上，带着惯常那种故作谨慎的神色，接着他突然说"咖啡"，那种粗鲁无礼的语气只有在他与伙计以及那些来商店门口讨要钱币的乞丐讲话时才用。

"你让我想起你的父亲。"他说道，第一次正眼看我。

"妈说我一点也不像他。"我说。

"不是外表上，而是你们害怕的方式上。"他说着很快扫了我一眼，看自己是否说到了点上，"你的父亲离开这里，这是一件不可思议的事情。愿神怜悯他。像个盗贼或杀手，他在逃避什么？这种行为我没法理解。不管他跑到什么地方，我都不认为他想要什么东西。我觉得他只想逃离自己的生活，逃离我们，逃离这儿。他无法想象自己留下的伤害和耻辱。现在，你也这么做。这些年你一直杳无音信，我从没想过会再见到你。你离开了半辈子，你这次回来你的母亲非常高兴。她以为你会结婚，并再次加入我们当中。这么多年你就这么生活，过去你什么也不告诉我们，现在你才告诉我们。如今，你又准备再次逃离，把由于我们失算造成的羞耻和漠视全都撂给我们。"

我开始情不自禁地抽泣起来。为我素未谋面的父亲，更为他那种让所有人深感痛苦的亡命逃离。不过，我主要是在为自己而哭泣，既为我让自己的人生陷入混乱而哭泣，也为我已经失去的以及我担心依然将要失去的东西而哭泣。

舅舅哈希姆咧嘴笑了起来，瞬间转变为狂笑，他虚弱的身体跟着颤抖并挣扎着喘息起来，他纯粹是因为看到我如此可鄙才发出那种透着鄙夷的笑声。不管怎样，这让我止住了眼泪。在你这个年纪还这样，他微笑着说。我从小就容易流泪。我的母亲再婚以后，当我们第一次搬进公寓时，舅舅哈希姆瞪眼看了一会儿，我的眼泪就夺眶而出，或者有时我站在他面前也会失声大哭起来，而他只不过在和我睿智地说些事情。我猜他就是这个意思，也许正是这番回忆让他笑成这样，以及那种中伤他人从中取乐的冲动。这几年，我学会了抽泣，虽然通常不是坐在路边半空的商店里被人奚落自己的懦弱，而更多的时候是坐在公寓里任凭文字及其回忆折磨我无力的抵抗。不管怎样，看他神色愉快并津津有味地品着咖啡，那也再好不过。

"你现在已经迷失，"他说，"不仅对我们如此，而且对你自己也是如此，就像你的父亲那样。"显然，他喜欢这种比较，不管我说什么或做什么，或许他一直在盼着给出这种评判。我不在乎。舅舅哈希姆这类人会说这样的话，即使所说的事情属实。他们可以将这些话存上好多年，保留起来并使之固化变硬，等时机一到这些话便可按预期目的派上用场，去粉碎一根骨头或挫伤人心。所以我等着更多的奚落。我正是如此行事。我是个等待者。我知道难听的话一出口，后面准会有更多的话涌来。

他还没来得及多说，他的一个好友就出现了，这是个身形高大、行动迟缓的老头，他的肚腩高高突兀在身前，好像与他本人全然分开似的。起义之前，他曾是另一个政党的坚定支持者，在当时的党派政治斗争中，他可谓当地的一个笑柄。孩子们跑过他的房屋会大声辱骂，外墙上始终画满了讽刺性的涂鸦，而且有一次墙上还被人抹了粪便。但在起义之后，他被任命为当前政府的地方党支部书记，所管辖区虽然始终积极为政府投票，政府却遭到人们的强烈反对。他有直通党总部的电话专线，而且还与其他许多地方相连。据传闻说，他和那位掏出鸡巴放在桌上来安抚白胡子同僚的总统还有私交。当时，政府法令由他解释并予以实施——在某种程度上的确如此，因为当时人人都有发言权，每个暴徒都有一把枪。转眼之间，当他经过咖啡馆时，有人会叫他过去喝咖啡，当孩子们匆忙路过他家的房屋时，也开始变得安静本分了。此外，他还再次结婚，搬入更大的住房，并长出肚腩让自己全新的人生更为庄严。不过，当这一切眷顾他的时候，他已经不再年轻了，而且也从未减掉肥硕的肚腩。他不仅对这些古板庸俗、卑躬屈膝的咖啡邀请毫无蔑视，而且这种受人欢迎的局面还令他满心欢喜。所以我回国发现他已经成为继父的老朋友，这全然不足为怪。对舅舅哈希姆而言，这完全在意料之中。

他每天都从高层那边带过来一些消息。尽管他现在已经年事过高，无力亲自参与辖区的日常事务，但他仍然是党支部书记，可以随意撤销任何东西。如今，他已经成为当地的知名人士，人们前去拜访他犹如觐见一位明智而慷慨的君主。看着他走路与讲话时的威严，很难想象当时竟然会有大人在桶里拉屎，然后在黑夜拎过去，一路咯咯地嬉笑着，乘他睡下的时候，拿粪便抹在他家的墙上。

他沉重地坐了下来，讲起总理危机的最新消息。"这会在今晚的新闻上播出，他肯定要出局了。"他满意地说。在这位党支部书记看来，总理是个自以为是、爱管闲事的家伙。他想为一切东西制定规则，并想干涉每个人的事情，至于允许建立其他政党，这又有什么必要？每个人都感到心满意足，人力不可为的就不该强求，还是留给上天为好。你告诉我，哈希姆先生，你告诉我，其他党派会给我们带来什么我们当前没有的东西？

"资金。"我说。我情不自禁。我宁愿庄重而沉默地坐着，但我实在无法克制自己。"民主在当前是件大事，我相信多党选举将会带来更多的资金。"

"确实如此，"党支部书记若有所思地说，"总理本人也这么说，你可以琢磨一下其中的道理。不过，这些党派会把我们带到昔日的纷争之中，而长久以来我们只有和平与繁荣。"

确实，我们必须处死几千名流氓，另外再监禁几千个人，强奸和残害几十个人，强迫很多少女嫁给有些老色鬼，我们甚至不让任何人在未经允许、羞辱和欺凌的情况下放屁，更不用说允许他们投票、旅行或者言说内心的怒火。但与以前不同的是，现在每个人都处于相同的境地。每个人都缺少食物，每个人都缺少用水，每个人都必须为一丁点儿东西四处乞求，每所学校都没有书本，没人手里会有两个便士，而且每个人的马桶当然都已经堵塞——除了运作这个国家的那些政府高级官员之外，当然如果他们忍受饥渴、贫穷，而且无法使用干净的马桶，他们也无法运作这个国家。

党支部书记透过疲惫、浮肿、苍老的眼睛看着我，那双眼睛曾经目睹人们的鄙视转变为颤抖的默许，如今正等着我吱声表示认同。他感觉到了认同的缺席，而我也感觉到了。他的伟大需要认同，这一刻也同样需要。在片刻颤抖的沉默之后，他突然扭头猛地朝路上啐了一口唾沫。然后，他转向我，面色难堪地咽着口水，并且问我——你明白吗？——依然还在期盼我的奉承和屈服。不论如何，我尽力没让自己点头，但当他琢磨我的沉默时，我发现正是他这样臃肿的恶魔和那些武装流氓、国家救赎委员会常任秘书与荣誉会员、总理及其秘书以及其他那群食人狂，正是他们让我们的生活陷入混乱状态，并且毫无头绪或无意义地让我们的社会穷困不已。从廷巴克图到阿尔及尔，从哈瓦那到东帝汶，虽然我们大家如此不同，为什么我还说我们的社会？因为在这一点上，我们都完全一样，我们因为害怕丢掉性命而保持沉默并点头同意，而那些臃肿的暴君却为了自己的一丝满足而肆意放屁并践踏我们。（我知道自己过几天就要上飞机。我不在乎。但这并不意味着，我可以从自己的传记中获得所谓的"我们"。）与此同时，掌管我们这个世界的富豪可以继续痛苦地在电视上观看我们的滑稽行为，在他们的报纸上阅读有关我们的无能和谋杀的报道，他们心底里知道在这儿捐点款资助一个翻译项目，或向那儿运去一批武器装备，就可以让世界干涸角落的瘟疫彻底远离自己的家门。

舅舅哈希姆和他的朋友又回到他们关于世界大事的谈论上：总理的危机、航运刚到的一批大米、在麦克汉加尼一栋公寓楼内发生的离奇谋杀、印度一列特快列车的脱轨、卡扎菲。正当我认为该是时候从这种重大事务的讨论当中抽身出来，或许去拜访总理以表达我的哀悼之情时，党支部书记转向我。"你在我们这儿还会待多久？"他问，"你已经离开很久了。"我告诉他，我过几天就走。

"他昨天向我们发布了一些消息。"舅舅哈希姆对党支部书记说。我从没想过他会这么说。他一直都是行事得体、不露声色的人，我从没想过他会去谈论爱玛。也许，是安定在发挥效力。"事实证明，过去这些年他已经和一个英国女人结了婚。"

"那你迷失了。"党支部书记毫不犹豫地说，这让舅舅哈希姆会心地笑了。"你迷失了自己，你失去了你的人民。没有自己的人民，一个人什么也不是。"

他们像是排演过似的。我本想说自己并没有和爱玛结婚，但我没有说。我不在乎。在那一刻，我觉得自己不会过于担心失去我的人民，如果人民意味着那两个残忍的老头。我温顺地点了点头，正当转身要走时，党支部书记便开始谈论混血的悲剧。我想到了阿美莉亚，为他们对她怀有的刻薄感到羞愧，虽说他们只是泛泛而谈。我又想到了爱玛，自己顿觉十分失落，心里是无穷无尽的脆弱，脑海中泛起精疲力竭的争吵。我意识到自己一直在囤积发生在我身上的小事并想要去告诉她，那些只能私下谈论的琐碎小事。不是咒骂和指责，你迷失了，你迷失了，而是白天早些时候我与航空公司职员之间一场可笑的谈话，或是回国第一天早上我第一次在海边散步并感受到海面吹来的强烈暖风，或是偶然遇到了一位依然记得我而我对他却毫无印象的老师。

视频播放结束时，艾拉挪动了一下，舱内灯光调得更暗了，她只是整顿一下身体又重回梦乡而已。我另一边的那个胖子张着嘴睡着了，正如有人内脏彻底腐烂那样，更多的臭气从那个开口中散发出来。有一次，艾拉在睡梦中轻轻倚在我身上，她的头几乎靠在我的肩上。我可以感觉到自己胳膊上她的余温，并可以感觉到她的头发在蹭着我的脖颈。我也想靠在她身上，挨着她放松一下，但我担心这会让她惊跳起来，所以我只好接受一丝的安慰。飞机在黑暗的夜空里嗡嗡前进，虽然我的身体非常酸痛，并因疲惫而有些抽搐，但我还是无法入睡。于是，我只好闭上眼睛坐着，并尽力保持内心的宁静（但机会渺茫！）。

我回家以后，他们又奚落我一番，让我不要生闷气，并别把事情想太糟。至少阿克巴这么说，我的母亲默默坐着，脸上满是斥责的神情，而鲁基亚则忙乎了整整一个下午。听说了如此痛苦的消息，并要尴尬面对萨菲娅的父母，这对他们来说确实过于难堪。难道我不懂这一点吗？我说上几句抚慰的话，而这只会让我的母亲再度大发雷霆。难道我就从不考虑其他人吗？我怎么会想到做出这样的事？在发生这一切之后还娶一个英国女人！我在寻思这是什么意思，不过我不在乎。我的父亲，我猜测。为什么我过去不告诉他们？难道我就没想过孩子会有遗弃之感吗？

阿美莉亚被遗弃？就因为她不知道他们那绚丽多姿的生活？听我说，妈！她有电视机和唱片机，还有一大群男孩供她选择，以满足她那些令人焦灼的幻想。这个丫头总是得心应手，她很会融入社会。但我对此什么也没说。我只想摆脱所有的闹剧，趁来得及赶快回去，我无法想象自己如何度过启程之前的两天。

那天的晚间新闻并未播报什么新闻，党支部书记有关总理下台的传闻显然言过其实，因为这位身强体健的领导在新闻节目之后还发表了另一场讲话，里面不乏高尚的言辞和故作的愤怒。正如以前一样，他对自己的危机只字不提，只是偶尔含糊其词几句，摆出被人误解的神情，自怜地停顿片刻，并奋拉自己的下嘴唇。我开始变得十分喜欢他，并欣赏他对自己的死亡随意混乱的预言，他在屋里电视上每晚的露面让我们似乎陷入了一场亲密的家庭争吵。我尽力提醒自己，正是这些人惩罚自己的对手在监狱服刑一百五十年，让他们赤脚在玻璃碎片上行走，并把浇花的水管插入对方的屁眼之后打开水龙头。然而，我不禁佩服他那种不苟言笑的虚伪，以及他面带焦虑没完没了地发表陈词滥调时表现出的麻木不仁，好像他告诉我们的东西需要沉思、信念或者毫不畏缩的自我剖析。

我喜欢顽固、狡猾的幸存者，我希望自己也能成为其中一员。于是第二天，我就去了他的办公室，一方面赞赏他的顽强，另一方面祝他工作愉快。我并未料想会得到接见，只是显得像去拜访国家元首一样（看在上帝的分上，人家可是心事重重），但我还是得到了接见。他的办公楼位于伏伽街区①，靠近丢失象脚伞座的那家酒店，在阿克巴的工作中还计划着等捐助方的资金到位后，就立即恢复这家酒店接待游客的潜力。这家酒店对面有一个报刊亭，出售印着我们岛上美景的泛黄明信片，其中有些建筑和花园后来都变成了瓦砾和菜地。我驻足在那儿，呼吸着凝滞并悬浮的香气，这一刻被顽固地完整保留下来，就像昆虫掉进敞开的油瓶当中被保存下来，恰似神经在冷却的琥珀中抽搐一样。

那栋办公楼是一栋宏伟的别墅，它正好坐落在路边，四周是低矮的白色围墙。围墙和别墅之间的空地是果园，里面

————————————

① 伏伽(Vuga)，桑给巴尔市西区下面的街区。

到处是高大的果树：橙子树、苹果树、石榴树。多年前，这栋别墅从真正的主人那里被充了公。如今，我已经忘记他们是何人，不过是有钱的寄生虫靠掠夺人民建了这栋豪宅罢了，然而我记得当年还是个孩子时，那些果树难以抵挡的诱惑，以及墙内的果树下面一条焦躁不安的狗来回窜动。即便你只是停下脚步，吸点花朵和水果的芳香，那条狗也会发疯地吠叫，不愧是当权寡头阶级的走狗。但现在没有狗，只有一个持枪男子，他脸上特有的疤痕清楚地表明，他并非我们这边乱世的居民，而是来自大陆那边。我们就是这样谈论对方，或者过去向来如此。就像吉姆老爷①，他不是我们中的一员，尽管吉姆老爷当然是我们中的一员，这正是整个故事的核心所在。类似我们中的一员，汉普郡一位牧师的儿子，看在上帝的分上，这样的人又怎会背叛我们并抛弃一船朝圣者，以挽救自己可悲的性命呢？诚然，弃船的恐慌由咆哮的德国船长激发，然而如果我们对自己渺小的生命能够如此谨小慎微，谁又会相信我们有统治世界的权利？甚至没人费心去告诉朝圣者船在沉没，他们已被遗弃在船上。后来，这船倒也并未沉没，而是得到了皇家海军的营救并被拖到了亚丁

---

① 吉姆老爷（Lord Jim），波兰籍英国作家约瑟夫·康拉德（1857—1924）于1900年发表的同名小说中的主人公，他曾因一时的怯懦在发生海难时弃船逃生，由此背负起渎职和背信弃义的耻辱，后来躲进与文明隔绝的土著人居住区，并因自己的勇敢和正直赢得了尊称"吉姆老爷"。

湾。为这个白人的负担感到羞耻！

　　然而，总理别墅里的士兵可不是我们中的一员，他从肩膀上漫不经心地取下自动步枪，显然不认为自己有用它的必要。我在想自己得把这件事告诉总理。说不定有一天，这对他事关重大。不管怎样，我对他说自己有一个面见总理的约会，并给了他一个灿烂的微笑。他向我回以微笑，并问我从哪里来。我说伦敦，这让他笑得更加开心。然后，他又把自动步枪挎到肩上，点了点头。对一位危在旦夕的总理而言，他周围的安保措施肯定十分周到。别杜撰关于我们的谎言，他说。谁会相信那些东西？我答道，这让他皱起了眉头，并拽了一下步枪的皮带。你为哪家报纸撰稿？他问。《非洲先锋报》，我答道，同时大步前行。卫兵并未造次，我可以想象他会耸肩表示无奈。我已经过了他这一关，现在该由别人来负责了。

　　别墅大门之内，还有一名卫兵，他的盘问更加严厉，这让我替总理的安危感到欣慰。他身形魁梧，年纪三十好几，脸面肌肉结实，胡须油光发亮，毫无疑问是个阅历丰富的男人，他的家人和亲戚都得仰仗他照顾。当我说自己和长官有约时，他打电话给长官的秘书，对方当然会说我在撒谎。总理今天上午没有约会，卫兵说道，神色变得更为严厉，并对我的咧嘴微笑不以为然。当我说自己是从伦敦赶来赴约时，他显得依然无动于衷。倒也并非完全无动于衷，也许他的眉毛略微抖动了一下，不过他依然和之前一样坚定，若说有什么变化的话，他的下巴拉尖了，他的声音变得强硬，并且有些恼怒。警官，一定弄错了，我坚持说。

如果我惹恼他，他会怎么做？开枪打我？把我扔给鲨鱼？将我驱逐出境？不受欢迎的人。我记得正是在独立之后我们学会了这个新的短语，当时外国人发现侮辱我们的政府尤其敏感：一个参加化装舞会的欧洲小丑，因为身上穿着草裙、鼻子上横插一根骨头而遭到驱逐；美国和平队派来的一位老师，因为家里住着一个娈童而被遣送回国；还有一位英国高级专员公署的员工，被人发现用纸币装修商务部长的新建别墅，我觉得这实在有点过分。他们全都滚蛋了，不受欢迎的人。所以我在寻思如果一再坚持的话，我是否会成为这个词语的主体。这会让我沦为流亡者，而不是移民，并让我令人信服地坐在讲台上向人们高谈阔论，劝说他们放弃自己那点舒适并投身政治斗争当中。如果我愿意，肯定会这样。

"我能和秘书说句话吗？"我问道，为此做最后一次尝试。若说有用的话，卫兵似乎放松了下来，毕竟他几乎没有殉道的危险。另外，到目前为止，我一直在用英语和卫兵交谈，希望这样一来我在总理眼里会显得更为重要。但现在我说起了斯瓦希里语，不妨做一个小实验。他犀利地瞥了我一眼，便咧嘴笑了，我也忍不住咧嘴朝他笑了。"我能见他吗？也许我可以解释。”

"啊，你是我们中的一员。"他说，"我以为你是西印度群岛或美洲人，那些黑皮肤的欧洲人。告诉我你的名字，我会再和秘书通个信。"

当我把自己的名字给他时，他琢磨了片刻，然后看了我好一阵子。我知道接下来会发生什么。我们一起上过达拉贾尼小学，他说道，满脸的喜悦。你还记得我吗？穆罕默德·哈米斯，我低你四个年级。兄弟，好久不见，但现在你说了名字之后，我就能看出确实是你。你用英语跟我说话是什么意思，算是一种伪装？老天，欢迎回来！我没听说你回来了，否则我会过去问候。真主保佑，我很高兴再次见到你。

既然他提到了这事，我想我也认出了他，但我感到有那么多的面孔，我都无法说出名字，所以我开始认为自己只是在过度补偿时间对记忆的欺骗，而且这么长时间的缺席已经让我的过去变得混乱不清。无论如何，我很快就见到了秘书，他如此的年轻，顶多是个少年，他已经被穆罕默德·哈米斯与老同学重逢的热情裹挟，所以他也别无选择，只能打电话给领导，问他是否有时间见我。

于是，我最终见到了那个男人，他为了存活使出的无耻（因为如此明显）滑稽动作我在电视上每晚都能看到，这让我虽不情愿但越来越敬佩他。他走出办公室便伸出一只手，脸上带着灿烂、稳妥的微笑，他高大、健壮的身躯毫不费力地朝我走来。在这种情景下，我感觉他更像多年以前我认识的校纪律委员，而非最近我从电视上认识的那位言词激昂的演说者。在那一刻，我想起许多年前的一场学校运动会。我有幸加入了学校摄影协会。那个时候，我梦想着成为世界知名的新闻摄影师，尽管当时我并不介意为自己的同学拍摄护照照片而挣几个先令，或者低价为他们冲洗胶片并打印照片。无论如何，学校摄影协会举办了一场比赛，以决出运动会当天动作照片最佳摄影师。这是一个展示意志胜利的绝佳项目，所以我决定不妨一试。我会把重点放在那些失败者和奋斗者身上，捕捉他们的痛苦和绝望，那时他们早已体力不支，在喘息着踉跄冲过终点时，他们知道迎接他们的只有嘲讽。或者，抓拍一两个不出力的镜头（若不是因为摄影比赛而豁免，我也会是他们当中的一位），他们气喘吁吁地跑着，心满意足地落后于别人半英里。但当我处理胶片时，我发现自己早已屈服于这位未来总理的运动天赋，并已经拍下他在 1 500 米赛跑中夺冠的精彩画面，他伸出双臂以示胜利，头向后仰着，高昂的脸庞上带着莫可名状的微笑。我把这张照片作为自己的参赛作品，但它当然没有获奖的机会。没人有这个机会，奖品顺理成章地被协会主席获得，他是高中毕业生、纪律委员、校长（比赛唯一的裁判）的表弟。

我走在他的前面，步入他宽敞、明亮的办公室。在他巨大的办公桌上，堆着一些看似十分重要的文件，这时他让我想起当年那个高兴又不失尴尬地接受了那张放大照片的年轻人,如今他却竭力忘记自己愤世嫉俗的尝试而坐享元首宝座,不顾国内食品店空无一物而马桶堵塞的现状,其目的无非想说服我们,只要有他在那里接受资助,我们的恩人就会撒给我们一笔可观的资金。然后,我们就可以翻新酒店,吸引世界各地的游客,步入繁荣与公正的时代,并且从此过上幸福的生活。

"阿穆尔·马利克告诉我你回来了。"当我们面对面坐在宽大的椅子上时他说,"我很荣幸你能抽出时间过来。"

"这是我的荣幸才对。"我说。

"如此一来,我们彼此都很荣幸。"他带着一种轻松、老练的微笑说道,"当他告诉我你在这里时,你知道我想到的第一件事是什么吗?我们最优秀的人才回来真是太让人高兴了,我就是这么想的。这儿有很多事要做,我记得我们一起上学时,你是多么优秀的学生,此后你取得的成就又有多大。我们这儿正需要这样的才华,而不是白白浪费在英语上。我让阿穆尔告诉你,向你提出无法拒绝的条件。我希望他成功了。"

我回以微笑,等他往下说。说真的,我看不出他们想干什么。"优秀的学生"可谓夸大其词,但我乐意去接受它,尤其在当前的悲惨境地下,诅咒、辱骂和心痛俨然已成我的宿命,不过"此后你取得的成就"必然是一种嘲讽、礼貌或瞎扯，一种打发时间的闲谈。你为什么不把厕所修好而是来跟我闲聊？你为什么要同意见我？难道你没有工作要做，没有一个国家要运转，没有今晚的演讲需要琢磨吗？

"那我看他并没有完全成功。"他说道，客气之中难掩失望，"如果可以的话，我愿意把自己的恳求加在他的上面。我们不仅需要你回来，而且会为尽职的干部提供机会。不要放弃我们。"

"最近几天晚上，我一直在电视上看见你。"我说。我心里在想自己是否会做出一些鲁莽、愚蠢的事情，一些让我从祖国起飞时出现麻烦的事情。对此我不确定，但我想他的眼睛在转正之前还侧视了一眼，好像他在期待有人在身后聆听我们的谈话。"那些演讲让人为之精神振奋。今晚你会再发表一次演讲吗？投资的前景看似很好。"

他和蔼地挥手示意撇开这个话题，他的眼神坚毅而警觉。我丝毫也不惊讶。如果我是他的话，我会因这种失礼而咆哮，我知道他会咆哮。他毕竟是个领导，尽管在他上面还有更大的领导，比如本土总统和共和国的总统，这些人若不是在联合国发表演讲，或在国际会议上就非洲的未来发言，他们在会议、狂欢还是其他任何活动间隙都可以把他干掉。

"我告诉你，有时候这是个费力不讨好的差事。"他说着，尽力显出诚意，"我们尽最大努力推动国家进步，让事情变得更加美好。我们全力以赴，尽职尽责。你以为我们的努力会受人赞赏？没错，我想大多数公民会的。我诚心相信这一点——但总是有些装病怠工的家伙，他们宁愿为了自己的蝇头小利而破坏我们全部的未来。我只是想重新唤起我们的人民对进步的热情，说服他们坚持下去而不是放弃，并且为我们应得的未来而努力。"

"那今晚你还会再一次上电视。"我说道，笑着面对他坚毅的眼神。

他面带假意地微笑，挥手表示撇开这个话题。"我听说你娶了个英国女人。"他说道，笑容中带着男人单独谈论女人时的那种调侃和粗鲁，"我还听说你拒绝了萨菲娅·希拉利斯。她是个漂亮姑娘，很多人求之不得。当然，这是你的选择，但我不能说这是明智的选择。我知道你的父母十分难过，对此我一点也不惊讶。不过，每个人都有自己的人生。"

于是，我明白了（并非我以前确实不知道，而是有些教训必须反复学了再学，即使这样我们也会轻易忘记这些教训，并说服自己抱着事态终会改善的希望），食品店将会继续空着，学校将会没有书本，空气中将会充斥着残忍而骗人的承诺，公正只是统治我们的牲口嘴里冒出来的另一个词语，而马桶当然还会堵塞很长一段时间。鉴于有这么多事情等着他去处理，我们的领导竟然还会抽出时间来关心我生活当中那些私密而可悲的行径以及我的家人那种考虑不周的卑劣行为，那么除希望斯堪的纳维亚文化基金会的资金可以到位并让破旧不堪的国家机器顺利运转之外也别无选择。据说这位长官还是他们当中最好的一位，如果连他的脑袋里面都充满了这种流言蜚语，那就更不用指望其他的领导。他们很久以前就已经变成消费和性爱的器官，变成自我满足的捕获工具。

天色刚微亮，机组人员便开始在我们四周忙碌起来：调亮光线，分发面巾，播报早餐。不幸的是，他们吵醒了那位肥胖的老头，等他闭上嘴巴之后，又开始从他的下面喷出新鲜的毒气。也许用"新鲜"有些描述不当，但无论如何这种毒气强劲而有力。饶了我吧，我低声说，但他只是厌恶地扫了周围一眼，然后瞬间撇开讥讽的嘴唇，放出更多腐臭的气体。毫无疑问，这个男人神色凝重。突然之间，我意识到此人可能根本没有放屁，而是肚子上挂着个造口袋，可能整晚我所坐的右手边上始终挨着一袋粪便。我冲向厕所一顿干呕，然后刷了牙，总算在空中飞行了几个小时后，这会儿在航班卫生间颠簸的氛围中我感觉有些清爽。我在镜子里瞥了自己一眼。如真主所愿！我认为自己已经多年没见过比这更为丑陋的嘴脸。

"你之前问过我一件事，我还没来得及回答，但夜里我一直在想这事。"艾拉从厕所回来迈过臭气熏天的老头时说道。他拒绝挪动身上的肌肉，方便我俩进出，不过这也正好。也许根本不是造口袋，而是卑鄙和刻薄在腐蚀他的身体，并使之腐烂发臭而已。"你问我刚到英国时是什么感受。我猜这个问题只有一个答案。一个在内罗毕长大的十岁印度女孩在六十年代末到英国时能有什么感受？"

"这是个问题，不是答案。"我机敏地说，身为老师的我无法抗拒这个显而易见的机会，但我说得很巧妙，脸上带着夸张的微笑，眼中闪现着光芒。

"我正要回答这个问题，但你得给我机会才行，"她说，"如果你这么学究气的话，也许我该重新考虑一下。"她也不禁笑了，眼睛闪闪发亮。由于生性友好大方，我通常领会暗示很慢，但这次我抓住了重点。正是"学究"得以成全此事，对我这个行业的人来说，这可谓是一种可怕的侮辱，因为教师普遍认为有这种倾向，更不用说与之相伴的那种个人毫无价值的感觉。

"显然，一切都很奇怪，"她说，"并非可怕或类似的那种，而是出奇的安静和高效。每个人似乎都知道自己在做什么，并且平静地忙着自己的事情。在我上学之前，这就是我的第一印象。在内罗毕，我在印度一所私立女子学校读书，在那里我们接受英语教学，觉得自己比周围的那些非洲人要高一等。你知道他们愚蠢、强壮、危险，但没有头脑。阳具很大，但没大脑。不管怎样，我们的父母就这样想，不过学

237

校让我们觉得自己十分特别、颇有天赋并且非常漂亮。我们认为自己和欧洲人一样好。即便没有那么好，但也更像他们。我在十岁时不可能这么说，但我知道自己当时这么认为，我的父母或我认识的其他一些人可能也会这么说。我们甚至有一半的时间在家里说英语。所以，从某种程度上说——千万别笑——我觉得自己像是回家一样。"

"你没有笑，"她说道，并对我投以微笑，"你应该笑才是。等我开始上学时……那太可怕了。我不懂人们对我说的任何一句话。有那么多嘈杂，还有各种气味。人人发出汗水和蒸食的味道。到处都是肮脏的人头，各种污痕皱褶，脖子上一圈圈的汗渍。你能想象吗？其他的孩子似乎精力十分充沛……当然，还有各种绰号。大部分我从未听过：黑佬、浣熊、巴基斯坦婊子。我还从没听过'婊子'可以那样使用。那种卑鄙简直是耸人听闻，不时出现的暴力和欺凌事件同样如此。我猜这是个熟悉的故事，但我一回到家就大哭，嚷着告诉父母只有他们同意回到内罗毕，我才会停止哭闹。我哥哥回家后讲述了类似的故事，我俩肯定让父母忙乎了好几个晚上，我们倾诉着自己的痛苦，并要求得到他们的同情和拥抱。直到很久以后，我才意识到他们肯定因为内疚而受伤。显而易见，我逐渐适应了上学生活，当我的父亲最终找到一份工作以后，我们便搬到了伊灵，我就去了一所综合学校，那儿就好多了。

"不过，我想自己永远也忘不了最初的那些日子。即便过去了这么多年，我还是无法摆脱在英国身为异类、身为外国人的感觉。有时候，我认为自己对英国的感觉就是失望的爱。"

她又抱歉地微笑了起来，好像暴露了什么私密、羞耻的东西一样。她看起来如此沮丧，于是我忍住了已到嘴边的嘲讽之言。这个自以为是的娼妇，满身癣疥还不通人情，居然一生恶贯满盈还让人心怀失望的爱！然后，我突然意识到自己明白了她真正的意思。"你嫁了个英国男人？"我问。

她盯着我，惊讶地瞪大了眼睛。片刻之后，她的眼睛已经湿润，神色尽显痛苦。那只是一瞬间，接着她把目光移开，然后又带着难以置信的笑容转了回来。"你太聪明了，"她说，"你怎么知道的？"

"正是有关你把英国比作失望的爱的方式。听起来似乎你不单指这个地方。"

"我猜我们在一起的这些年里，他对我来说就意味着英国，尽管我当时并不这么认为。"她说道，往后一靠并扭了下头，好像是在回望远方并在打探我对她以往生活的看法。"当事情发生在我身上时，我似乎考虑的不多，是吗？"

"发生了什么事？"我问道，寻思自己是否问得太多。她心里也这么寻思，但过了一会儿，她又说话了。

"他离开了，大约一年前。他遇到了别人。"

她给我一个故作勇敢的微笑，但我看到她的嘴唇在发抖，她的眼睛又湿润了。"对不起。"我说。然后，她已经无法阻止自己的眼泪往外流。她伸手从提包中抽出纸巾，轻轻擦着她的脸。过了一会儿，她才平复心情，并止住了眼泪。

"对不起，"她说，"这事过去很久了，但有时它会回来，并且伤人很痛。我最好不再说话，否则我又要难过了。"

航空公司员工又在周围忙碌起来，他们取回托盘，供给我们更多的茶水和咖啡。我能感觉飞机引擎的节奏有了变化，于是猜想我们正在下降。我想自己应该和她说些有关爱玛的事情，以此回报她对我的信任并对她说，我堵塞的心里也同样感受到了失望的爱，不过我不知道从何处开始。

"我的父亲非常反对这桩婚姻……"她说，"我告诉他，我已经二十七岁并且可以自己做那样的决定，我对这个男人的感情非常重要，我不想让它溜走。他没来参加婚礼，还禁止我的母亲前来，后来他甚至拒绝见我。我从母亲那里知道，他变得非常沮丧，整个人都消瘦了下去。五个月后，他心脏病再次发作。他去世前几天，我在医院看到他。短短几个月，他就成了一个虚弱的老人。是我让他成了这样，尽管没人这么说。"

"是他自己的缘故。"我轻声说，担心打扰她的悲伤，生怕自己在过于私密的事情上发表的看法听上去过于尖刻。不过，我认为她根本没有听我说话。

"十年后他就离开了。"她说。她转过身去，下巴托在手掌，眼睛凝视着窗外。

不要以为那位肥胖的邻座在整个过程中都全然不动。我之所以没有报道他的勇敢行为，因为我认为这会削减艾拉言语的冲击力，说实话我已经对这种臭气变得有些麻木，同时也仍然佩服他产出的体量、种类与效能。艾拉陷入沉默时，他发出一声沉重的叹息，那口气犹如浓云在我们头顶悬了片刻，然后才开始下降。他伸手越过我，碰了艾拉的胳膊一下。"亚美尼亚人，"他拍着胸膛对她说，"我全世界跑，生意人。南非、沙特阿拉伯、巴西、瑞士。我到处乘飞机旅行，但不吃肉。不在飞机上吃。头痛、胃痛、失眠。不吃肉，不在飞机上吃。我女儿住在加拿大，我现在要去那里。向上帝祈祷，他会帮助的。不是向母牛或猴子祈祷，而是向上帝我们的天父祈祷，他会帮助的。"

艾拉微笑着表示感谢，然后又把目光移开。因此，这口间歇泉也一直在那里喷发，他坐在自己的瘴气之中，悄悄偷听，做着笔录，并准备发表一点有关天父的教诲。当他退回到自己的浊气中，他又朝我怒目而视，胖胀的脸还在咕哝着什么。我也微笑着表示感谢。

"我对这出闹剧感到抱歉。"艾拉说道，她把身体靠得更近，声音也压得更低，"我不知道是什么让我向……一个完全陌生的人这么讲话。我肯定厌恶别人这么对我讲话。这一定是因为你猜得太准。简直让我大吃一惊。"

我摇了摇头。"这是我坦率、真诚和富于同情的脸面使然。别为此感到不好意思。"

她的面色镇定了片刻，眼中顿时灵光一闪。飞机马上就要着陆，我向后靠上座位，目光凝视着前方，并让自己打起精神。"你娶了个英国女人？"她问。

"是的，"我说。我不可能费事去进行解释，"当我离开的时候，我开始明白这就是我对英国的看法。我和她的生活。我开始担心我们之间已经过于疏远，并且等我回来的时候，她可能就不在那里了，她可能已经把我在这里熟悉的生活全部带走。事情要比这更为复杂，但你所说的失望的爱听起来非常熟悉。"

已经没有更多的时间讲话，因为当飞机吱扭一声冲撞地面时，我必须集中精力防止我的灵魂与身体分离。在行李架打开和乘客推搡拥挤的混乱中，我们交换了电话号码，显然所有乘客都对在飞机完全停止前请不要离座的反复要求置之不理。快到入关登记处时，我们也就分道扬镳了。我把手伸进旅行包，竟然摸不到我放护照和旅行证件的钱包。我把包放在地面上，又跪在旁边仔细找了一遍，不禁抬头看见艾拉已经不由自主地走远了，她毫不在意地阔步穿过宽广的入境大厅。

"我丢了护照。"我对站在附近、身穿制服的年轻女子说道，她长得有些印度人模样，正在引导乘客如何排队。

她冷静而理智，对我的恐慌不为所动或毫无同情。他们可以把我遣送到飞机上，可以把我监禁起来，可以把我扔进北海。不受欢迎的人。非法移民、寻求庇护者、难民。她把我交给一名也像是印度人的保安，他把我带到入关检查的最后一个柜台。显然，这里正是处理那些欺诈案件的地方。我们在等待移民官结束审查我前面的乘客（像是菲律宾人），保安给了我一个微笑，说一切都会好的。他如何知道？我的脸面是棕色的，我乘坐的飞机从赤道以南起飞，我没有护照就想进入英国。他如何知道一切都会好的？

爱玛曾答应到机场接我，我在想也许我该打电话让她来，这样她就可以告诉他们我是本国的良民，而不是毒品贩子、军火商人或白人奴隶贩子。这位移民官约三十岁年纪，胡须剃得十分整洁，戴着金属框眼镜，身穿浅蓝色衬衣。他椭圆形的脸庞圆润而镇静，他听我说话时眼睛不动声色。"我的护照丢了。"我说道，期待他会发笑。又一只可怜的老鼠试图挤入我们的权杖之岛。"飞机上都还在，因为我登机时他们检查过，现在却不见了。"

好像我并未说话。"你是带着护照出行吗？"他问道，语气柔和而直率，一个不慌不忙的男人，没有什么东西隐瞒，一副安然自若的神情。

"是的。"

"你乘坐哪个航班？"他问道，并用肘靠住身体，头略微一侧，仿佛这是关键信息一样。

"肯尼亚航空公司的航班。"

"你旅行用的哪国护照？"他问。

"英国护照。"

"英国护照？"他问。我点了点头，他扬起眉毛，神色茫然。他是不相信我，还只是在自言自语我的天哪。"那怎么回事？"

"要么我丢了，要么被偷了。我也不知道。你看！我的妻子在外面等我，有办法给她带个话让她不要担心吗？"

"你有任何身份证明吗？"一张借书证、一张信用卡、我的校园卡，其他任何东西都和护照在一起。"请坐，先生。我们得核查护照办公室是否存有给你颁发护照的记录。"

"需要多长时间？"我问。

他耸了耸肩，便走到身后的办公室。于是，我坐了下来，期待着羞辱和拖延，心里备受驱逐或更糟待遇的折磨，担心爱玛在外面等待的同时，还寻思我的行李和人生又会怎样。我拿起一份报纸，上面全是阿亚图拉·霍梅尼刚刚对小说家萨尔曼·拉什迪①颁布了追杀令的新闻。他是另一个赞美沉默的人，伊玛目。

　　我最先与之说话的那位年轻女子又来和我说话。她记下我的名字，然后下楼以确保我的行李存在一边。她想办法给航班打了电话，得知他们找到了一本护照，并已经将它交给了安保办公室。她跑去办公室，取回了我的钱包。终于安全了！不是非法移民，不是难民，不是无家可归的流浪汉。

　　航班上其他乘客通关一小时后，我才最终出来，但爱玛仍然在那里等我。她早已心急如焚，以为我错过了航班，于是此刻冲向我之后，便深深地拥抱了我许久。这真是美妙至极。在车里，我不住地说话，不停地抚摸她，摩挲她的胳膊，轻拍她的大腿，感受她的头发。我迫不及待地等待这一天的结束，以便我们可以做爱。当我们回到公寓时，阿美莉亚和我坐在厨房陪她，而她则忙着准备庆祝的晚宴。我们一边喝酒，一边谈论过去三周发生在各自身上的事情。

　　上床的时候，我们都有几分醉意，正是寻欢作乐的好时机，但爱玛说她太累没法做爱。片刻之后，我问她是否外面有了别人，她说是的。我们就这样在黑暗之中躺着，她开口谈起对方以及过去几个月她所经历的一切。她对我说，她的

---

① 萨尔曼·拉什迪（Salman Rushdie，1947—　），印度裔英国作家，14 岁移居英国读书，主要作品有《午夜之子》（*Midnight's Children*，1981）等。

人生是一段拒绝收尾的叙事，现在她正处在另一个故事的开端，一个她替自己选择的故事，而非偶然跌入其中却找不到出路的一次奇遇。聪明的爱玛！我希望自己没听到她说的话，这样她的言语和声音便不会包围我的沉默。她告诉我，最近她对我的感情已成一种痛心的爱并且愈发不堪，这让她想去贬低我并让我静默，所以现在她发现与我亲近或接触简直让她无法忍受，而且由于害怕我回来，这几周她更是在痛苦中度过。她说了几个小时，我躺在她身边，既不愿相信，也不敢翻身。我尽力去劝慰她，百般解释替自己辩护，她劈头盖脸一顿指责让我住了口，那种说话方式可谓平日未见，接着她又是一阵恶语相加，我只能充耳不闻。

那个周末，她就走了。愿神用血块堵住她的肛门。

第二章

我打算报个夜班学习水暖课程。我想深入堵塞的马桶下面。我想知道是什么在阻塞管道。

我要学习的课程由室内设计城市学院开设，这是一所在水暖上享有盛誉的机构，他们正儿八经地钻研这事。我之所以这么说，就是让你不要以为这是那类两个月的青年培训计划，或是那种为前科罪犯、超编教师和社会工作者开办的社会适应服务项目，他们借此可以接受再培训以便在度过自我放纵和虚假意识的人生之后，可以为社会做一些有益的事情。在我学习的这门课程当中，他们会讲述水暖技术和社会历史，会通过计算机和最新软件来研究设计技术的发展，并会采用室内模拟和视频重建来展现水暖安装过程的关键时刻。你用不着去任何地方接触水流、铅管、U形弯管、通风道或者任何肮脏和污浊的东西。这是针对主题的真正智力活动。显然，社会上对于这门课程的需求出奇的高，授课老师的秘书在电话里如此对我说，并且不确定我是否够格可以幸运地被选中成为学员。我认为有一件事对我有利，那就是我在水暖上没有任何实际经验。

尽管我的未来充满了不确定性，但我一直在阅读相关资料。你可能以为自己进入任何图书馆都可以找到一整排关于这个重要主题的书籍而且时常还有人来查阅，因为它对于平静和自足的生活是如此必要，以至于你可能会说，这对于我们所知的文明生活可谓必不可少。事实却不是这样，而且远非如此。不过，我东拼西凑搜罗了一些资料，开始我的学习。

人们发现第一个带储水弯的抽水马桶在十六世纪由一位英国人设计，这丝毫不足为怪。有时，似乎任何有价值的想法都首先由英国人提出（尽管并非完全如此），尤其是在贝丝女王执政时期：板球、啤酒派、奴隶贸易、乒乓球、殖民主义、鱼蛋炒饭、引力、社会学，当然还有抽水马桶。这位英国人名为约翰·哈林顿爵士（有时拼写会有两个 R 字母），他针对这个主题写了一本书《阿贾克斯①的变形》，副标题是"旧题新论"（哈哈哈！），这是一篇在道德层面讨论有关我们水暖行业所谓水体废物的产生和处理的学术论文。这是一种丝毫也不可笑的智慧，但你依然不能剥夺此人的赞誉，因为他是继古罗马人之后，第一个系统思考这个问题并最终提出解决方案的人。当然，如何彻底处理所有粪污，这在几个世纪以来持续受人关注，不过最终还得一位英

① 哈林顿爵士在自家安装了一个抽水马桶的雏形，并称其为"阿贾克斯"，原文为 Ajax，和 a jakes（一个厕所）谐音。

国人想出一个好办法。确实，他有大把的闲暇时间，而红毛猩猩同样也有，但你不要以为它们可以设计出带储水弯的抽水马桶。所以，得给这个男人一些嘉奖。

和波卡洪塔斯一样，约翰爵士也生活在贝丝女王和詹姆士一世的时代。波卡洪塔斯是一位美丽的野人部落公主，她的命运虽与英格兰交织在一起，却惨死在异乡的沼泽之中。而约翰爵士与她完全不同，他是一位真正的英国绅士，女王还是他的教母。他上过伊顿公学和剑桥大学，在回到位于英国西南的封地之前，他在宫廷里混了一段时间。另外，这些封地由贝丝女王的父亲赐予约翰爵士的父亲，土地之前还是老国王从一个荼毒人心的家伙、一位天主教徒之类的手中没收而来。在那儿，约翰爵士谱写诗文，翻译维吉尔、普鲁塔克和奥维德，并偶尔到伦敦城参加一次狂欢。他还曾去过爱尔兰，负责种族清洗后芒斯特省的人口引入工作，并在十几年后返回本土参加了一场全方位的殖民战争。正如我所言，一个正儿八经的英国绅士。他认识约翰·霍金斯爵士①、沃尔特·雷利爵士②以及当时另外一两位喜欢烤羊肩的人士。

在爱尔兰期间，约翰爵士以及其他伊顿公学的校友一起

---

① 约翰·霍金斯（John Hawkins，1532—1595），英国商人、奴隶贩、海军将领，曾参加1588年英西海战。
② 沃尔特·雷利（Walter Raleigh，1554—1618），英国军人、探险家，曾远赴南美寻找金矿。

被英国指挥官埃塞克斯伯爵①授予爵位，但伯爵的这种傲慢行为彻底激怒了贝丝女王。于是，约翰爵士被再次放逐到英国西南的老家，正是在那里他后来撰写了一本有关马桶的构思精妙却非常乏味的著作。他以为这会让大家都为之兴奋，并让女王赏识他的才华，但事实并非如此。没人过多考虑他提出的带有储水弯的冲水马桶，而且过了很多代也没人对 U 形或 S 形管道加以反思。于是，这样又过了两百年，回到了使用水桶与夜壶以及蹲在麻床上的生活，直到另一个英国人提出了改良计划。又是个英国人，这难道不让人欣慰吗？此人是个钟表匠，名为詹金斯，住在斯特普尼，那时此地是一片有益健康的郊区。于是，文明的曙光浮现于世。当然，这只是一个开始。在水暖系统成为如今的模样之前，还有很多问题和改进摆在面前。此处不谈所有的管道和铅中毒，因为这又是另一个问题，而只涉及水流如何运输、保持净水与污水分离、防止地下多个水层混合，诸如此类。

为什么对水暖发生兴趣？这本应该显而易见，但我还是要说上一番。因为我不想谈论爱玛，以后也不会谈论。等我修完水暖课程，我将严格按照外籍人员的工资为自己的祖国效劳，这样我们就可以疏通那些堵塞的马桶。我本以为自己

① 埃塞克斯伯爵（Earl of Essex，1541—1576），英国贵族，于 1572 年封为伯爵，次年在爱尔兰下令屠杀了上百居民，由此引发爱尔兰对英国的怨恨。

会再次去见总理并对他说，好的，我准备好了，让我们来解决这个问题，而他会站起来拥抱我，我们会去装修过的殖民酒店庆祝我回到这里，并把我们的阳伞插入象脚伞座里面，这底座要么是阿克巴在一家废弃的商店里发现的，要么是他让人在伦敦重做并且很有品味的复制品。但不幸的是，总理最终走了。人们因他侮辱国旗而把他关了起来。他的一名卫兵曾看到他站在阳台上，把一面国旗作为兜裆布使用。虽说他生性狡猾，并且演说慷慨激昂，但还是被赶到了茅厕。

阿贾克斯。岁月伤人①。岁月酝酿伤痛。多年以前，我早就应该告诉她——我的父亲是阿巴斯，他在我出生前就离开了我的母亲，他可能在英国，舅舅哈希姆其实是我的继父、我的资助人，我父亲的姐姐其实是努鲁女士，我编造了一大堆谎言，我和她的生活确实如此，因为我可以这么做。我甚至不知道是否那是真的，或者是否我所做的事情有更为复杂的原因，而我现在却没有脑力和体力加以分析。爱玛本该知道如何把一切事情都说得更为清楚。如果这听起来有点含糊其词，那么在我提高能力回到这个话题之前也只能这样。我不在乎。

我试着认为她已经死亡、消失、灭绝，但我被自己目睹的一切击垮。两个人之间最简单的情感表达，就会让我想为

---

① 上文提到的茅厕（jakes），以及此处原文 Ajax. Age aches，都是谐音。

自己没有爱情的生活、为她残忍地带走几乎所有的东西而失声痛哭。我发现自己在不断重温我们最近一起的生活，想看一看这是否能把我带到现在的位置。我不知道自己怎样才能抵达另一边。我必须杀死那个我认识的自己，然后才能找到我将要成为的另一个人。她已经走了，而我多么希望她没走。她怎么能这么做？我真让她如此失望吗？我认为正是她的智商让她对我没了耐心。随着她对自己的能力更为自信，她变得越来越不宽容，而我所能给予的只有迟钝而乏味的崇拜。现在她走了，我发觉自己不再明白在英国生活的原因。有时候，我寻思是否我的父亲阿巴斯也是这样，是否我应该更加努力地去寻找他。这事应该没那么难。然后，我该对他说些什么？爸爸，你这么多年过得怎么样？真的值得吗？

水是献给死者的礼物。死者的灵魂渴望生命，期待饮下忆河的水，却只能喝到忘川的水。这是一个神秘的巧喻。然而，重要的并不是死亡。这是关于管道维修另一个事关重大的问题。

我现在想停下来，但还有一两件小事要交代。这不是一个童话故事，也不是一场忏悔，更不是阐述救赎、裁决或升华的论文，我很高兴承认自己以为理解的东西一旦用言语表达出来就争议四起。言语正是如此。它们内涵丰富、隐晦曲折、难以捉摸，在仪式性地完成自己的记忆之旅时，即便不断重读也丝毫不会减损。

我反思着自己的父亲阿巴斯。我喜欢对自己说他的名字。我反思着让他如此残忍行事的麻木、恐慌或愚蠢。或许他住的地方与我就隔了两条街？我曾与他在大街上、超市里擦肩而过吗？我想象着他年纪六十多岁，独自沉默地坐着。

六周之后，阿美莉亚也走了。我不知道自己还在期待什么。我想这全在意料之中。起初，她和我一样极度伤心，我们像迷失的幽灵一样，一晚又一晚地坐在一起哭泣。我们彻夜不眠，一边通宵喝酒，一边播放音乐，随着酒劲发挥效力，我们说话也越来越凶。然后，不知怎的她克制住了自己。我想这是她的朋友出手相助的结果。另外，她有事情要做，并需要与人交往。最初的几个星期过后，我每天晚上还是坐在酒瓶旁边（我现在依然这么坐着），为自己的失落、有病的心脏和破碎的生活而哭泣，她看我这番模样也丝毫不掩饰她的愤怒和嘲笑。最后，她说我是多么的可鄙，我如何让她心生厌恶，而且她要搬去和一个在坎伯韦尔①有公寓的朋友住一起。这是过去的那个阿美莉亚，而不是那个激动地想去世界黑暗角落的女儿，她由于父亲的缘故属于那里，这不是她人生中的浪漫插曲，她还是那个坚强的都市丫头，她可以从容应对一切，并带着满心的仇恨鄙视我人生当中的失误。她隔三岔五会打电话给我，并说她会有一天来看我。我

———————————————

① 坎伯韦尔（Camberwell），位于伦敦大区南边的乡镇。

会很高兴见到她。

只是还有一件事。我不想再来二十年的沉默，所以爱玛走后我就给母亲写了信。我写信时语气卑贱，等着劈头盖脸的奚落。但相反，我收到了阿克巴令人心碎的回复，内容由我的母亲口授，里面夹着他对母亲痛苦的评说，以及（如他所言）你的全家因你带来的灾难而遭受的痛苦。在经受了所有的不满之后，我觉得这不是他们中的任何人会说的话，不过我无从想象那位瓦哈比教派的显要人物会加入这番善意当中。他有太多的事情要考虑。回家吧，阿克巴在回信的末尾说。然而，那已经不再是家，除了编造更多的谎言之外，我毫无办法重拾这个诱人的念头。嘣！嘣！

我现在坐在这里，电话放在大腿上，想打电话给艾拉，问她是否愿意去看一场电影。然而，我是多么害怕扰乱这份易碎的沉默。

附 录

2021 年诺贝尔文学奖得主
阿卜杜勒拉扎克·古尔纳获奖演说

写 作

    写作向来是一种乐趣。当年我还是个小男生的时候，课程表上的所有科目当中，我最期盼的就是上写作课，写一个故事，或是写我们的老师认为能激发我们兴趣的任何东西。这时所有人都会安静下来，伏在课桌上面，努力从记忆中或是想象中提取一些值得讲述的东西来。在这些青涩的作品中，我们并不渴望诉说什么特别的事情，或是回忆某段难忘的经历，或是表达个人坚信的观点，或是一诉心中的愤懑苦情。这些作品也不需要任何别的读者，只是写给催生它们的那位老师一个人看的，作为一种提高我们漫谈技巧的练习。我写作，因为老师让我写作，因为我在这样的练习中找到了如此多的乐趣。

    多年以后，等到我自己也成了一名教师，我又重演了这段经历，只是角色颠倒了过来：我会坐在一间安静的教室里面，学生们则在伏案奋笔。这让我想起了 D. H. 劳伦斯的一首诗，我现在就想引用其中的几句：

引自《最好的校园时光》

我坐在课堂的岸边，独自一人，
看着身穿夏日短衫的男孩们
在写作，他们的圆脑袋忙碌地低垂着：
然后一个接着一个他们抬起
脸来看向我，
十分安静地沉思着，
视，而不见。

接着那一张张脸便又扭开，带着小小的、喜悦的
创作兴奋从我身上扭开，
找到了想要的，得到了应得的。

我所描述的以及这首诗所回忆的写作课，并非日后写作将会呈现在我眼前的模样。它不像后者那样被驱动，被指引，被回炉，被不断地重组。在这些青涩的作品中，我的写作是一条直线，可以这么说吧，没有太多犹豫和修改，有的只是纯真。写作之外我还如饥似渴地阅读，同样没有任何方向指引，当时我还不知道这两者之间有着怎样密切的联系。

有时候，如果第二天不需要早起上学，我就会读书读到深夜，我的父亲——他自己也算是个失眠症患者了——都不得不来我的房间，命令我熄灯。哪怕你有这胆子，你也不能对他说，既然他也没睡，凭什么你不行呢，因为你不能这样子和父亲说话。再者说，他是在黑暗中失眠的，灯也关了，为的是不打扰母亲，所以熄灯令依然有效。

与我年轻时那种随性的体验相比，日后我所从事的阅读与写作可谓有条不紊，但其中的快乐从来没有消失过，我也很少感到过吃力。不过，渐渐地，快乐的性质发生了改变。直到我移居英格兰以后，我才充分认识到了这一点。正是在那里，饱受思乡之苦与他乡生活之痛，我才开始深思此前我从未考虑过的许多事情。也正是在这一时期，在长期的贫穷与格格不入之中，我开始进行一种截然不同的写作。我渐渐认清了有一些东西是我需要说的，有一个任务是我需要完成的，有一些悔恨和愤懑是我需要挖掘和推敲的。

起初，我思考的是，在不顾一切地逃离家园的过程中，有什么东西是被我丢下的。1960 年代中期，我们的生活突然遭遇了一场巨大的混乱，其是非对错早已被伴随着 1964 年革命巨变的种种暴行所遮蔽了：监禁，处决，驱逐，无休无止，大大小小的侮辱与压迫。在这些事件的漩涡当中，一个少年的头脑是不可能想清楚眼下之事的历史与未来影响的。

直到我移居英格兰后的最初那几年，我才能够深思这些问题，琢磨我们竟能对彼此施加何等丑恶的伤害，回首我们聊以自慰的种种谎言与幻想。我们的历史是偏颇的，对于许多的残酷行径保持沉默。我们的政治是种族化的，直接导致了紧随革命而来的种种迫害：父亲在自己的孩子面前被屠杀，女儿在自己的母亲面前被侵犯。身居英格兰的我，远离所有这些事件，同时却又在精神上深深地为它们所困扰——这样的处境，比起继续同那些依然承受着事件后果的人一起生活，或许反倒使得我更加无力抵抗这种记忆的威力。但我同时还被另一些与这类事件无关的记忆所困扰：父母对子女犯下的残酷行径，人们因为社会与性别教条而被剥夺充分表达的权利，以及种种容忍贫困与依附关系的不平等。这些问题普遍存在于所有人类的生活中，并不为我们所特有，但它们并不会时时挂在你的心头，除非个人境遇迫使你认识到它们的存在。我猜这就是逃亡者所不得不背负的重担之一 ——他们逃离了创伤，自己找到了安全的生活，远离那些被他们抛在身后的人。最终我开始将一部分这样的反思付诸笔端，不是以一种有序的或是系统的方式，当时还没有，只是为了能够稍稍澄清一点心头的困惑与迷茫，并从中获得慰藉。

　　不过，假以时日，我渐渐认清了还有一件令人深感不安的事情正在发生。一种新的、简化的历史正在构建中，改变甚至抹除实际发生的事件，将其重组，以适应当下的真理。这种新的、简化的历史不仅是胜利者的一项必不可少的工程（他们总是可以随心所欲地构建一种他们所选择的叙事），它也同样适合某些评论家、学者，甚至是作家——这些人并不真正关注我们，或者只是通过某种与他们的世界观相符的框架观察我们，需要的是他们所熟悉的一种解放与进步的叙事。

如此，拒绝这样一种历史就很有必要了，这种历史不尊重上一个时代的实物见证，不尊重那些建筑、那些成就，还有那些使得生活成为可能的温情。许多年后，我走过我成长的那座小镇的街道，目睹了镇上物、所、人之衰颓，而那些两鬓斑白、牙齿掉光的人依然继续着生活，唯恐失去对于过去的记忆。我有必要努力保存那种记忆，书写那里有过什么，找回人们赖以生活，并借此认知自我的那些时刻与故事。同样必要的还有写下那种种迫害与残酷行径——那些正是我们的统治者试图用自吹自擂从我们的记忆中抹去的。

另一种对于历史的认识同样需要面对——这种认识是我在移居英格兰，接近其源头之后才渐渐看清的，比我在桑给巴尔接受殖民教育的时候看得更清。我们这一辈人，都是殖民主义的孩子，而在这一点上我们的父辈和我们的晚辈则并非如此，至少和我们不一样。我这话的意思并不是说我们对于父辈所珍视的那些东西感到生疏，也不是说我们的晚辈就摆脱了殖民主义的影响。我想说的是，我们是在帝国主义高度自信的那段时间里长大成人并接受的教育，至少在我们所处的世界区域是那样，当时的殖民统治使用委婉的话术伪装自我，而我们也认可了那套说辞。我指的那段时间，是在整个区域的去殖民化运动开始步入正轨并让我们睁眼看到殖民统治所造成的掠夺破坏之前。我们的晚辈有他们的后殖民失望要面对，也有他们自己的自我欺骗来聊以自慰，所以有一件事他们也许并不能看得很清，或是达不到足够的深度，那就是：殖民史彻底改变了我们的生活，我们的腐败和暴政从某种程度上讲也是殖民遗产的一部分。

这些问题中的一些我在来到英国后看得愈发清楚了，不是因为我遇到了什么人能在对话中或是课堂上帮助我澄清，而是因为我得以更好地认识到，在他们的某些自我叙事中——既有文字，也有闲侃——在电视上还有别的地方的种族主义笑话所收获的哄堂大笑中，在我每天进商店、上办公室、乘公交车时所遭遇的那种自然流露的敌意中，像我这样的人扮演着怎样的角色。我对于这样的待遇无能为力，但就在我学会如何读懂更多的同时，一种写作的渴望也在我心中生长：我要驳斥那些鄙视我们、轻蔑我们的人做出的那些个自信满满的总结归纳。

但写作不可能仅仅着眼于战斗与论争，无论那样做是多么的振奋人心，给人慰藉。写作不是只着眼于一件事情，不是为了这个问题或那个问题，这个关切点或那个关切点；写作关心的是人类生活的方方面面，因此或迟或早，残酷、爱与软弱就会成为其主题。我相信写作还必须揭示什么是可以改变的，什么是冷酷专横的眼睛所看不见的，什么让看似无足轻重的人能够不顾他人的鄙夷而保持自信。我认为这些同样也有书写的必要，而且要忠实地书写，那样丑陋与美德才能显露真容，人类才能冲破简化与刻板印象，现出真身。做到了这一点，从中便会生出某种美来。

而那样的视角给脆弱与软弱、残酷中的温柔，还有从意想不到的源泉中涌现善良的能力全都留出了空间。正是出于这些原因，写作对我而言才是我人生中一个很有价值且十分有趣的组成部分。当然，我的人生还有其他部分，但那些不是我们此刻所要关注的。经历了这几十年的人生岁月，我演讲开头所提到的那种青涩的写作乐趣如今依然没有消失，堪称一个小小的奇迹。

最后，让我向瑞典文学院表达我最深切的谢意，感谢他们将这一莫大的荣誉授予我和我的作品。我感激不尽。

（宋金　译）

Abdulrazak Gurnah

ADMIRING SILENCE

Copyright © Abdulrazak Gurnah, 1996

This edition arranged with ROGERS, COLERIDGE & WHITE LTD (RCW)

Through Big Apple Agency, Inc., Labuan, Malaysia.

Simplified Chinese edition copyright:

2022 Shanghai Translation Publishing House (STPH)

All rights reserved.

古尔纳获奖演说已获 The Nobel Foundation 授权使用

Nobel Lecture

Writing

By Abdulrazak Gurnah

Copyright © The Nobel Foundation 2021

图字：09－2022－186 号

图书在版编目（CIP）数据

赞美沉默／（英）阿卜杜勒拉扎克·古尔纳
（Abdulrazak Gurnah）著；陆泉枝译. 一上海：上海
译文出版社，2022.8
（古尔纳作品）
书名原文：Admiring Silence
ISBN 978－7－5327－9091－3

Ⅰ.①赞…　Ⅱ.①阿…　②陆…　Ⅲ.①长篇小说—英
国—现代　Ⅳ.①I561.45

中国版本图书馆 CIP 数据核字（2022）第 104208 号

赞美沉默

［英］阿卜杜勒拉扎克·古尔纳　著　陆泉枝　译
策划/冯　涛　责任编辑/黄雅琴　装帧设计/张志全工作室

上海译文出版社有限公司出版、发行
网址：www.yiwen.com.cn
201101　上海市闵行区号景路 159 弄 B 座
苏州市越洋印刷有限公司印刷

开本 889×1194　1/32　印张 8.25　插页 6　字数 134,000
2022 年 9 月第 1 版　2022 年 9 月第 1 次印刷
印数：00,001—50,000 册

ISBN 978－7－5327－9091－3/I·5646
定价：68.00 元